PÓS-PRODUÇÃO

COMO A ARTE REPROGRAMA O MUNDO CONTEMPORÂNEO

NICOLAS BOURRIAUD

PÓS-PRODUÇÃO

COMO A ARTE REPROGRAMA O MUNDO CONTEMPORÂNEO

Tradução
DENISE BOTTMANN

martins fontes
selo martins

© Les presses du réel, Dijon, 2004.
© 2009, Martins Editora Livraria Ltda., São Paulo, para a presente edição.

Publisher *Evandro Mendonça Martins Fontes*
Coordenação editorial *Patrícia Rosseto*
Produção editorial *Luciane Helena Gomide*
Produção gráfica *Sidnei Simonelli*
Projeto gráfico *Renata Miyabe Ueda*
Capa *Beatriz Freindorfer Azevedo*
Preparação *Mariana Zanini*
Revisão *Denise R. Camargo*
Dinarte Zorzanelli da Silva

Dados Internacionais de Catalogação na Publicação (CIP)
(Câmara Brasileira do Livro, SP, Brasil)

Bourriaud, Nicolas
Pós-produção : como a arte reprograma o mundo contemporâneo / Nicolas Bourriaud ; tradução Denise Bottmann. — São Paulo : Martins, 2009.
— (Coleção Todas as Artes)

Título original: Post production.
ISBN 978-85-61635-11-4

1. Arte e sociedade 2. Arte moderna – Século 20 3. Comunicação em arte 4. Estética I. Título. II. Série.

08-12456   CDD-700.904

Índices para catálogo sistemático:
1. Arte da pós-produção : Arte moderna : Século 20   700.904

Todos os direitos desta edição para o Brasil reservados à
Martins Editora Livraria Ltda.
Av. Dr. Arnaldo, 2076
01255-000 São Paulo SP Brasil
Tel.: (11) 3116-0000
info@martinseditora.com.br
www.martinsmartinsfontes.com.br

SUMÁRIO

Introdução 7

O uso dos objetos 19
    O uso do produto, de Duchamp a Jeff Koons 22
    A feira de usados, forma dominante da arte dos anos 1990 26

O uso das formas 35
    Os anos 1980 e o nascimento da cultura DJ: para um comunismo das formas 35
    A forma como enredo: um modo de utilização do mundo (Quando os enredos se tornam formas) 49
        Rirkrit Tiravanija 51
        Pierre Huyghe 55
        Dominique Gonzalez-Foerster 61
        Liam Gillick 64
        Maurizio Cattelan 68
        Pierre Joseph: *Little Democracy* 73

O uso do mundo 79
   Playing the world: reprogramar as formas sociais 79
      Philippe Parreno &… 85
   Hacking, emprego e tempo livre 89

Como habitar a cultura global (A estética depois do MP3) 97
   A obra de arte como superfície de estocagem de informações 97
   O autor, essa entidade jurídica 99
   Ecletismo e pós-produção 103

INTRODUÇÃO

> *"É simples, o ser humano produz obras;*
> *pois bem, a gente faz com elas o que tem que ser feito: a*
> *gente se serve delas."*
>
> **Serge Daney**

"Pós-produção": termo técnico usado no mundo da televisão, do cinema e do vídeo. Designa o conjunto de tratamentos dados a um material registrado: a montagem, o acréscimo de outras fontes visuais ou sonoras, as legendas, as vozes *off*, os efeitos especiais. Como conjunto de atividades ligadas ao mundo dos serviços e da reciclagem, a pós-produção faz parte do setor terciário em oposição ao setor industrial ou agrícola, que lida com a produção das matérias-primas.

Desde o começo dos anos 1990, uma quantidade cada vez maior de artistas vem interpretando, reproduzindo, reexpondo ou utilizando produtos culturais disponíveis ou obras realizadas por terceiros. Essa arte da pós-produção corresponde tanto a uma multiplicação da oferta cultural quanto – de forma mais indireta – à anexação ao mundo da arte de formas até então ignoradas ou desprezadas. Pode-se dizer que esses artistas que inserem seu trabalho no dos outros contribuem para abolir a distinção tradicional entre produção e consumo, criação e cópia, *ready-made* e obra original. Já não lidam com uma matéria-*prima*. Para eles, não se trata de elaborar uma forma a partir de um material bruto, e sim de trabalhar com objetos atuais em circulação no mercado cultural, isto é, que já possuem uma *forma* dada por outrem. Assim, as noções de originalidade (estar na origem de...) e mesmo de criação (fazer a partir do nada) esfumam-se nessa nova paisagem cultural, marcada pelas figuras gêmeas do DJ e do programador, cujas tarefas consistem em selecionar objetos culturais e inseri-los em contextos definidos.

A *Estética relacional*, que de certa maneira se prolonga na presente obra, descrevia a sensibilidade coletiva na qual se inserem as novas formas da prática artística. Ambas tomam como ponto de partida o espaço mental mutante que a internet, instrumento central da era da informação em que ingressamos, abriu para o pensamento. Mas a *Estética relacional* tratava do aspecto convivial e interativo dessa revolução (as razões pelas quais os artistas se dedicam a produzir modelos de socialidade para serem inseridos na esfera inter-humana), enquanto a *Pós-produção* apreende as formas de saber geradas pelo surgimento da rede:

em suma, como se orientar no caos cultural e como deduzir novos modos de produção a partir dele. De fato, é surpreendente que as ferramentas mais usadas para produzir esses modelos relacionais sejam obras ou estruturas formais preexistentes, como se o mundo dos produtos culturais e das obras de arte constituísse um estrato autônomo capaz de fornecer instrumentos de ligação entre os indivíduos; como se a instauração de novas formas de socialidade e uma verdadeira crítica às formas de vida contemporâneas passassem por uma atitude diferente em relação ao patrimônio artístico, pela produção de novas *relações* com a cultura em geral e com a obra de arte em particular.

Algumas obras emblemáticas permitem esboçar os contornos de uma tipologia da pós-produção.

Reprogramar obras existentes

No vídeo *Fresh Acconci* (1995), Mike Kelley e Paul McCarthy usam manequins e atores profissionais para as performances de Vito Acconci. Em *One Revolution per Minute* (1996), Rirkrit Tiravanija incorpora à sua instalação peças de Olivier Mosset, Allan McCollum e Ken Lum; no MoMA, ele anexa uma construção de Philip Johnson, convidando crianças para desenhar: *Untitled (Playtime)*, 1997. Pierre Huyghe projeta um filme de Gordon Matta-Clark, *Conical Intersect*, nos mesmos locais em que foi rodado (*Light Conical Intersect*, 1997). Swetlana Heger e Plamen Dejanov, na série *Plenty Objects of Desire*, expõem em plataformas minimalistas as obras de arte ou os objetos de design que compraram. Jorge Pardo, em suas instalações, manipula peças de Alvar Aalto, Arne Jakobsen e Isamu Noguchi.

Habitar estilos e formas historicizadas

Felix Gonzalez-Torres utilizava o vocabulário formal da arte minimalista ou da antiforma recodificando-as, mais de trinta anos depois, segundo suas próprias preocupações políticas. Esse mesmo glossário da arte minimalista é empregado por Liam Gillick para uma arqueologia do capitalismo; por Dominique Gonzalez-Foerster, para a esfera da intimidade; por Jorge Pardo, para uma problemática do uso; por Daniel Pflumm, para um questionamento da noção de produção. Sarah Morris utiliza a grade modernista em sua pintura para descrever a abstração dos fluxos econômicos. Em 1993, Maurizio Cattelan expõe *Sans titre*, uma tela que reproduz o famoso Z de Zorro no estilo das lacerações de Lucio Fontana. Xavier Veilhan expõe *La Forêt* (1998), onde o feltro marrom evoca Joseph Beuys e Robert Morris, numa estrutura que faz lembrar os *penetráveis* de Soto. Angela Bulloch, Tobias Rehberger, Carsten Nicolai, Sylvie Fleury, John Miller e Sydney Stucki, para citar apenas alguns, adaptam estruturas e formas minimalistas, *pop* ou conceituais às suas problemáticas pessoais, chegando a reproduzir seqüências inteiras de outras obras de arte existentes.

Usar as imagens

No *Aperto* da Bienal de Veneza de 1993, Angela Bulloch apresenta o vídeo *Solaris*, o filme de ficção científica de Andrei Tarkovski, substituindo a trilha sonora por seus próprios diálogos. *24 Hour Psycho* (1997) é uma obra de Douglas Gordon que consiste numa projeção do longa-metragem de Alfred Hitchcock em baixa rotação, de modo que ela se estende ao longo de 24 horas. Kendell Geers isola seqüências de filmes conhecidos (um esgar de Harvey Keitel em *Bad Lieutenant* [*Vício frenético*], uma cena de *O exorcista*) e coloca as passagens em circuito fechado em suas instalações de vídeo, ou escolhe cenas de tiroteios do repertório cinematográfico contemporâneo para projetá-las em duas telas frente a frente (*TW-Shoot*, 1998-99).

Utilizar a sociedade como um repertório de formas

Matthieu Laurette obtém o reembolso dos produtos que consome utilizando sistematicamente os cupons oferecidos pelo marketing ("Sua satisfação ou seu dinheiro de volta") e, assim, circula entre as brechas do sistema promocional. Quando produz o piloto de um *game show* sobre o princípio da troca (*El Gran trueque*, 2000) ou monta um banco *offshore* com os fundos arrecadados numa segunda bilheteria na entrada dos centros de arte (*Laurette Bank Unlimited*, 1999), ele está jogando com as formas econômicas como se fossem linhas e cores de um quadro.

Jens Haaning transforma centros de arte em lojas de importação-exportação ou em oficinas clandestinas; Daniel Pflumm apropria-se de logos de multinacionais e confere a eles vida plástica própria. Swetlana Heger e Plamen Dejanov trabalham em todos os empregos possíveis para adquirir "objetos de desejo" e vendem sua força de trabalho para a BMW durante todo o ano de 1999. Michel Majerus, que incorporou a técnica do sampleamento em sua prática pictórica, explora a abundante mina visual da embalagem publicitária.

Recorrer à moda e aos meios de comunicação

As obras de Vanessa Beecroft derivam de um cruzamento entre a performance e o protocolo da fotografia de moda; remetem à forma da performance, mas nunca se reduzem a ela. Sylvie Fleury vincula sua produção ao universo glamourizado das tendências apresentadas nas revistas femininas. "Quando não tenho uma idéia clara da cor que vou usar em minhas obras", diz ela, "pego uma das novas cores de Chanel". John Miller realiza uma série de quadros e instalações a partir da estética dos estúdios de jogos televisivos. Wang Du seleciona imagens publicadas na imprensa e lhes dá volume, sob a forma de esculturas de gesso pintado.

Todas essas práticas artísticas, embora muito heterogêneas em termos formais, compartilham o fato de recorrer a formas *já produzidas*. Elas mostram uma vontade de inscrever a obra de arte numa rede de signos e significações, em vez de considerá-la como forma autônoma ou original. Não se trata mais de fazer tábula rasa ou de criar a partir de um material virgem, e sim de encontrar um modo de inserção nos inúmeros fluxos da produção. "As coisas e os pensamentos", escreve Gilles Deleuze, "crescem ou aumentam pelo meio, e é aí que a gente tem de se instalar, é sempre este o ponto que cede"[1]. A pergunta artística não é mais: "o que fazer de novidade?", e sim: "o que fazer com isso?". Dito em outros termos: como produzir singularidades, como elaborar sentidos a partir dessa massa caótica de objetos, de nomes próprios e de referências que constituem nosso cotidiano? Assim, os artistas atuais não compõem, mas *programam* formas: em vez de transfigurar um elemento bruto (a tela branca, a argila), eles utilizam o *dado*. Evoluindo num universo de produtos à venda, de formas preexistentes, de sinais já emitidos, de prédios já construídos, de itinerários balizados por seus desbravadores, eles não consideram mais o campo artístico (e poderíamos acrescentar a televisão, o cinema e a literatura) como um museu com obras que devem ser citadas ou "superadas", como pretendia a ideologia modernista do novo, mas sim como uma loja cheia de ferramentas para usar, estoques de dados para manipular, reordenar e lançar. Quando Rirkrit Tiravanija nos propõe a experiência de uma estrutura formal onde prepara pratos culinários, ele não está

---

1. Gilles Deleuze, *Pourparlers*, Paris, Éd. Minuit, 1990, p. 219. [Ed. bras.: *Conversações*, trad.: Peter Pál Pelbart, Rio de Janeiro, Editora 34, 1992.]

fazendo uma performance, mas utilizando a forma-performance. Seu objetivo não é questionar os limites da arte: ele utiliza formas que serviram nos anos 1960 para interrogar esses limites, mas com a finalidade de produzir efeitos totalmente diferentes. Tiravanija, aliás, cita várias vezes a frase de Ludwig Wittgenstein: "Não procure o significado, procure o uso".

Aqui, o prefixo "pós" não indica nenhuma negação, nenhuma superação, mas designa uma zona de atividades, uma atitude. Os procedimentos aqui tratados não consistem em produzir imagens de imagens – o que seria uma postura maneirista – nem em lamentar que tudo "já foi feito", e sim em inventar protocolos de uso para os modos de representação e as estruturas formais existentes. Trata-se de tomar todos os códigos da cultura, todas as formas concretas da vida cotidiana, todas as obras do patrimônio mundial, e colocá-los em funcionamento. Aprender a usar as formas, como nos convidam os artistas que serão aqui abordados, é, em primeiro lugar, saber *tomar posse* delas e habitá-las.

A prática do DJ, a atividade do internauta, a atuação dos artistas da pós-produção supõem uma mesma figura do saber, que se caracteriza pela invenção de itinerários por entre a cultura. Os três são *semionautas* que produzem, antes de mais nada, percursos originais entre os signos. Toda obra resulta de um enredo que o artista projeta sobre a cultura, considerada como o quadro de uma narrativa – que, por sua vez, projeta novos enredos possíveis, num movimento sem fim. O DJ aciona a história da música, copiando/colando circuitos sonoros, relacionando produtos gravados. Os artistas, por sua vez, habitam ativamente as formas culturais e sociais. O internauta cria seu próprio site ou *home page*; levado a consultar constantemente as informações obtidas, ele inventa percursos que pode salvar em seus favoritos e reproduzir à vontade. Quando procura um nome ou um assunto num buscador, surge na tela uma infinidade de informações saídas de um labirinto de bancos de dados. O internauta imagina conexões, relações específicas entre sites díspares. O sampleador, instrumento que digitaliza sonoridades musicais, também supõe uma atividade permanente; escutar discos torna-se um trabalho em si que atenua a fronteira entre recepção e prática gerando, assim, novas cartografias do saber. Essa reciclagem de sons, imagens ou formas implica uma navegação incessante pelos meandros da história cultural – navegação que acaba se tornando o próprio tema da prática artística. Pois não é a arte, segundo Marcel Duchamp, "um jogo entre todos os homens de todas as épocas"? A pós-produção é a forma contemporânea desse jogo.

Quando um músico faz uma digitalização sonora, ele sabe que sua contribuição poderá ser retomada e usada como material de base para uma nova composição. Para ele, é normal que o tratamento sonoro aplicado ao áudio gravado venha a gerar, por sua vez, outras interpretações, e assim sucessivamente. Com as músicas sampleadas, o *trecho* representa apenas uma saliência numa cartografia móvel.

Ele entra numa cadeia, e sua significação depende, em parte, da posição que ocupa nesse conjunto. Da mesma forma, numa sala de bate-papo *on-line*, uma mensagem adquire valor no momento em que é retomada e comentada por outra pessoa. Assim, a obra de arte contemporânea não se coloca como término do "processo criativo" (um "produto acabado" pronto para ser contemplado), mas como um local de manobras, um portal, um gerador de atividades. Bricolam-se os produtos, navega-se em redes de signos, inserem-se suas formas em linhas existentes.

O que une todas as figuras da prática artística do mundo é essa dissolução das fronteiras entre consumo e produção. "Mesmo que seja ilusório e utópico", explica Dominique Gonzalez-Foerster, "o que importa é introduzir uma espécie de igualdade, é supor que, entre mim – que estou na origem de um dispositivo, de um sistema – e o outro, as mesmas capacidades e a possibilidade de uma relação igualitária vão lhe permitir organizar sua própria história em resposta à história que acaba de ver, com suas próprias referências"[2]. Nessa nova forma cultural que pode ser designada como cultura do uso ou cultura da atividade, a obra de arte funciona como o término provisório de uma rede de elementos interconectados, como uma narrativa que prolonga e reinterpreta as narrativas anteriores. Cada exposição contém o enredo de uma outra; cada obra pode ser inserida em diversos programas e servir como enredo

---

2. Catálogo da exposição *Dominique Gonzalez-Foerster, Pierre Huyghe, Philippe Parreno* (Paris, Museu de Arte Moderna da Cidade de Paris, 1999, p. 82).

múltiplo. Não é mais um ponto final: é um momento na cadeia infinita das contribuições.

Essa cultura do uso implica uma profunda transformação no estatuto da obra de arte. Ultrapassando seu papel tradicional como receptáculo da visão do artista, agora ela funciona como um agente ativo, uma distribuição, um enredo resumido, uma grade que dispõe de autonomia e materialidade em diversos graus, com uma forma que pode variar da simples idéia até a escultura ou o quadro. Passando a gerar comportamentos e potenciais reutilizações, a arte contradiz a cultura "passiva" ao opor mercadorias e consumidores e *ao ativar* as formas dentro das quais se desenrola nossa vida cotidiana, sob as quais os objetos culturais se apresentam à nossa apreciação. E se a criação artística, hoje, pudesse ser comparada a um esporte coletivo, longe da mitologia clássica do esforço solitário? "São os espectadores que fazem os quadros", dizia Marcel Duchamp: a frase só adquire sentido quando a relacionamos com a intuição duchampiana sobre o surgimento de uma cultura do *uso*, na qual o sentido nasce de uma colaboração, de uma negociação entre o artista e as pessoas que vêm observá-la. Por que o sentido de uma obra não há de provir do uso que lhe é dado, além do sentido que lhe é conferido pelo artista? É essa a acepção daquilo que poderíamos nos arriscar a chamar de *comunismo formal*.

O USO DOS OBJETOS

A diferença entre os artistas que produzem obras a partir de objetos já produzidos e os artistas que operam *ex nihilo* é a mesma que Karl Marx, em *A ideologia alemã*, apresentava entre "os instrumentos de produção naturais" (o trabalho da terra, por exemplo) e "os instrumentos de produção criados pela civilização". No primeiro caso, prossegue Marx, os indivíduos estão subordinados à natureza. No segundo, eles lidam com um "produto do trabalho", isto é, com o *capital*, mescla de trabalho acumulado e instrumentos de produção. Agora eles só se "mantêm juntos pela troca", comércio inter-humano encarnado por um terceiro termo, a moeda.

A arte do século XX desenvolve-se num esquema semelhante; ela mostra, ainda que tardiamente, os efeitos da Revolução Industrial. Quando Marcel Duchamp, em 1914, expõe um porta-garrafas e utiliza como "instrumento de produção" um objeto fabricado em série, ele transporta o processo capitalista de produção (trabalhar a partir do *trabalho acumulado*) para a esfera da arte, ao mesmo tempo inscrevendo o papel do artista no mundo das trocas: de repente ele parece um comerciante, cujo trabalho consiste em transferir um produto de um local para outro.

Duchamp parte do princípio de que o consumo também é um modo de produção, tal como Marx havia escrito em sua *Introdução à crítica da economia política*: "o consumo também é imediatamente produção, assim como, na natureza, o consumo dos elementos e das substâncias químicas é produção da planta". Sem contar que "na nutrição, que é uma forma de consumo, o homem produz seu corpo". Assim, um produto só se torna realmente produto no ato do consumo, pois, prossegue ele, "uma roupa apenas se torna uma roupa real no ato de vesti-la; uma casa desabitada não é de fato uma casa". Além disso, o consumo, ao criar a necessidade de uma nova produção, constitui ao mesmo tempo o motor e o motivo dessa criação. Tal é a virtude primordial do *ready-made*: estabelecer uma equivalência entre escolher e fabricar, entre consumir e produzir. O que é difícil de aceitar num mundo governado pela ideologia cristã do esforço ("Trabalharás com o suor de tua testa") ou pela do herói proletário stakanovista.

Em seu ensaio *Arts de faire, l'invention du quotidien*[1], Michel de Certeau examina os movimentos ocultos sob a lisa superfície da dupla Produção-Consumo, mostrando que

---

1. Michel de Certeau, *Arts de faire, l'invention du quotidien*, Paris, Folio, 1980. [Ed. bras.: *A invenção do cotidiano, artes de fazer*, trad.: Ephraim Ferreira Alves, Rio de Janeiro, Vozes, 2000.]

o consumo, longe da pura passividade a que geralmente é reduzido, executa uma quantidade de operações comparáveis a uma verdadeira "produção silenciosa" e clandestina. Usar um objeto é, necessariamente, interpretá-lo. Utilizar um produto é, às vezes, trair seu conceito; o ato de ler, de olhar uma obra de arte ou de assistir a um filme significa também saber contorná-los: o uso é um ato de micropirataria, o grau zero da pós-produção. Ao utilizar sua televisão, seus livros, seus discos, o usuário da cultura emprega toda uma retórica de práticas e "artimanhas" semelhante a uma enunciação, a uma linguagem muda possível de classificar em seus códigos e figuras.

A partir da língua que lhe é imposta (o *sistema* de produção), o locutor constrói suas frases (os *atos* da vida cotidiana), reapropriando-se, como microbricolagens clandestinas, da última palavra na cadeia produtiva. A produção torna-se "o léxico de uma prática", isto é, o material intermediário a partir do qual se articulam novos enunciados, e não um resultado final. O importante é o que fazemos com os elementos à nossa disposição. Dessa maneira, somos locatários da cultura; a sociedade é um texto cuja regra lexical é a produção, lei contornada *de dentro* pelos usuários supostamente passivos, por meio de práticas de pós-produção. Cada obra, sugere Certeau, "é habitável como um apartamento alugado". Ao ouvir música, ao ler um livro, produzimos novas matérias, aproveitando diariamente novos meios técnicos para organizar essa produção: zappers, vídeos, computadores, MP3, ferramentas de seleção, recomposição, recorte... Os artistas "pós-produtores" são os operários qualificados dessa reapropriação cultural.

O uso do produto, de Duchamp a Jeff Koons

De fato, a apropriação é a primeira fase da pós-produção: não se trata mais de fabricar um objeto, mas de escolher entre os objetos existentes e utilizar ou modificar o item escolhido segundo uma intenção específica. Marcel Broodthaers dizia que, "desde Duchamp, o artista é o autor de uma definição" que vem a substituir a definição dos objetos escolhidos. Mas o tema deste livro não é a história da apropriação (ainda por ser escrita), e apenas tomaremos alguns exemplos úteis para a compreensão da arte mais recente. Assim, embora o procedimento da apropriação tenha suas raízes na História, minha narrativa inicia-se com o *ready-made*, que representa sua primeira manifestação conceitualizada, pensada em relação à história da arte. Quando Marcel Duchamp expõe um objeto manufaturado (um porta-garrafas, um urinol, uma pá de neve...) como obra do espírito, ele desloca a problemática do *processo criativo*, colocando a ênfase não em alguma habilidade manual, e sim no olhar do artista sobre o objeto. Ele afirma que o ato de escolher é suficiente para fundar a operação artística, tal como o ato de fabricar, pintar ou esculpir: "atribuir uma nova idéia" a um objeto é, em si, uma produção. Desse modo, Duchamp completa a definição do termo: criar é inserir um objeto num novo enredo, considerá-lo como um personagem numa narrativa.

Nos anos 1960, a principal diferença entre o novo realismo europeu e o *pop* americano reside na natureza do olhar sobre o consumo. Arman, César ou Daniel Spoerri parecem fascinados pelo ato de consumir, e expõem as relíquias desse gesto. Para eles, o consumo é um fenômeno abstrato, um mito cujo tema invisível é irredutível a qualquer representação figurativa. Inversamente, Andy Warhol, Claes Oldenburg e James Rosenquist orientam o olhar para a compra, para o impulso visual que leva um indivíduo a adquirir tal ou tal produto: o objetivo deles, mais do que documentar um fenômeno sociológico, é explorar uma nova matéria iconográfica. Portanto, eles interrogam sobretudo a publicidade e a mecânica da frontalidade visual, ao passo que os europeus exploram o mundo do consumo pelo filtro da grande metáfora orgânica, privilegiando mais o valor de uso do que o valor de troca das coisas. Os novos realistas interessam-se mais pelo uso impessoal e coletivo das formas do que pelo uso individual, como mostram admiravelmente os trabalhos dos cartazistas Raymond Hains e Jacques de la Villeglé: o autor múltiplo e anônimo das imagens que eles recolhem e expõem como obras é a própria cidade. Ninguém consome, "isso" se consome. Daniel Spoerri mostra a poesia dos restos de mesa, Arman revela a lírica dos depósitos e latas de lixo, César expõe o automóvel esmagado, chegando ao termo de seu destino de veículo. À exceção de Martial Raysse, o mais "americano" dos europeus naquela época, é sempre uma questão de mostrar o fim do processo de consumo realizado por outrem. O novo realismo inventou, assim, uma espécie de pós-produção ao quadrado: o tema é, sem dúvida, o consumo, mas um consumo realizado de maneira abstrata e geralmente anônima, ao passo que o *pop* explora os condicionamentos visuais (publicidade, embalagem) que acompanham o consumo de massa. Ao recuperar objetos já usados, os novos realistas são os primeiros paisagistas do consumo, os autores das primeiras naturezas-mortas da sociedade industrial.

Com a *pop art*, por sua vez, a noção de consumo constituía um tema abstrato ligado à produção de massa, que só vem a adquirir um valor concreto, vinculando-se a desejos individuais, no começo dos anos 1980. Os artistas filiados ao *simulacionismo* irão considerar a obra de arte como uma "mercadoria absoluta" e a criação, como um simples simulacro do ato de consumo. *Compro, logo existo*, escreve Barbara Kruger na época. Trata-se de mostrar o objeto sob o ângulo da compulsão aquisitiva, do desejo, a meio caminho entre o inacessível e o disponível. Essa é a tarefa do marketing, que representa o verdadeiro tema das obras simulacionistas. Assim, Haim Steinbach dispõe objetos de produção em série ou antiguidades em prateleiras minimalistas e monocromáticas. Sherrie Levine expõe cópias de obras de Joan Miró, Walker Evans ou Edgar Degas. Jeff Koons cola anúncios, recupera ícones *kitsch* ou coloca bolas de basquete flutuando em recipientes imaculados. Ashley Bickerton faz um auto-retrato composto por logomarcas dos produtos que ele usa em seu cotidiano.

Para os simulacionistas, a obra resulta de um contrato que estipula igual importância ao consumidor e ao artista fornecedor. Assim, Koons utiliza os objetos como convectores de desejo, pois o "sistema capitalista ocidental concebe o objeto como uma recompensa pelo trabalho executado ou pela realização alcançada [...]. Uma vez acumulados, esses objetos definem a personalidade do eu, realizam e exprimem seus desejos"[2]. Koons, Levine e Steinbach apresentam-se como verdadeiros intermediários, *corretores do desejo*[3] cujos trabalhos representam simples simulacros, imagens nascidas de um estudo de mercado, e não de alguma "necessidade interior", valor mínimo. O objeto de consumo corrente duplica-se em outro, puramente virtual, que designa um "estado inacessível", uma falta (Jeff Koons). O artista consome o mundo em lugar e em nome do espectador. Ele dispõe os objetos em vitrines que neutralizam a noção de uso em favor de uma espécie de troca interrompida em que o momento da *apresentação* surge sacralizado. Ao utilizar a estrutura genérica das prateleiras nessa época, Haim Steinbach insiste na presença dominante delas em nosso universo mental: olha-se apenas o que está bem exposto, vale dizer, deseja-se apenas o que é desejado por outros. Os objetos que ele instala em suas prateleiras de madeira e fórmica foram "comprados ou juntados, dispostos, reunidos e

---

2. Ann Goldstein, "Jeff Koons", in *A Forest of signs* (Los Angeles, MOCA, 1989, catálogo).

3. Exposição *Les Courtiers du désir* (Paris, Centro Pompidou, 1987).

comparados. Eles podem ser mudados, arrumados de uma determinada maneira, e quando são embalados ficam novamente separados, e são tão permanentes quanto os objetos que se compram numa loja"[4]. O tema de sua obra é o que ocorre em toda troca.

A feira de usados, forma dominante da arte dos anos 1990

Liam Gillick explica que, "nos anos 1980, uma grande parte da produção artística parecia indicar que os artistas faziam suas compras nas lojas adequadas. Agora, é como se os novos artistas também fizessem suas compras, mas em lojas inadequadas, em todos os tipos de lojas"[5].

Poderíamos representar a passagem da década de 1980 para a de 1990 comparando duas fotografias: a primeira com uma vitrine de loja, a segunda com uma feira de usados ou uma galeria comercial num aeroporto. De Jeff Koons a Rirkrit Tiravanija, de Haim Steinbach a Jason Rhoades, um sistema formal substituiu outro, e o modelo visual dominante parece ser a feira ao ar livre, o bazar, o mercado aberto, reunião efêmera e nômade de materiais precários e produtos de diversas proveniências. A reciclagem (um método) e a disposição caótica (uma estética),

---

4. "They are bought or taken, placed, matched, and compared. They are moveable, arranged in a particular way, and when they get packed they are taken apart again, and they are as permanent as objects are when you buy them in a store."

5. *No man's time* (Villa Arson, CNAC, 1991, catálogo).

enquanto matrizes formais, suplantam a vitrine e a organização em prateleiras.

Por que o mercado se tornou a referência ubíqua das práticas artísticas contemporâneas? Em primeiro lugar, porque representa uma forma coletiva, uma aglomeração caótica, borbulhante e sempre renovada, que não depende de uma autoria individual: um mercado é formado por múltiplas contribuições pessoais. Depois, porque, no caso da feira de coisas usadas, é um local onde se reorganiza, bem ou mal, a produção do passado. Por fim, porque o mercado encarna e materializa fluxos e relações humanas que tendem a se desencarnar com a industrialização do comércio e o surgimento do comércio eletrônico. A feira de usados, portanto, é o lugar para onde convergem produtos de várias procedências, aguardando novos usos. A velha máquina de costura pode se tornar uma mesa de cozinha, um objeto publicitário de 1975 ou um enfeite para a sala. Numa homenagem involuntária a Marcel Duchamp, trata-se de atribuir "uma nova idéia" a um objeto. Um item antes utilizado de acordo com o conceito com que fora produzido encontra novas possibilidades de uso nas bancas de artigos de segunda mão.

Em 1996, Dan Cameron retomou a oposição de Claude Lévi-Strauss entre o "cru" e o "cozido" como título de uma de suas exposições: de um lado, artistas que transformam materiais e os tornam irreconhecíveis (o cozido); de outro, os que preservam o aspecto próprio desses materiais (o cru). A forma-mercado é o lugar por excelência dessa crueza: uma instalação de Jason Rhoades, por exemplo, apresenta-se como uma composição unitária formada por objetos que, mesmo assim, mantêm sua autonomia expressiva, como os quadros de Arcimboldo. Em termos formais, seu trabalho está mais próximo ao de Rirkrit Tiravanija do que pode parecer à primeira vista: *Untitled (Peace sells)*, que Tiravanija executou em 1999, também se apresenta como uma exuberante exposição de elementos díspares, mostrando claramente uma aversão à formatação da diversidade, visível em todas as suas obras. Mas Tiravanija organiza os múltiplos elementos que compõem suas instalações para ressaltar seu valor de uso, ao passo que Rhoades apresenta objetos que parecem dotados de uma lógica autônoma, indiferente ao ser humano. Percebemos uma ou várias linhas diretrizes, estruturas mutuamente imbricadas, mas sem que os átomos reunidos pelo artista se aglutinem plenamente num conjunto orgânico. Cada objeto parece resistir à sua unificação dentro de uma imagem coerente, contentando-se com sua fusão em subconjuntos às vezes transplantados de uma estrutura para outra. O domínio de formas a que se refere Rhoades evoca a heterogeneidade das bancas de um mercado e as respectivas perambulações entre elas: "É sobre as relações entre as pessoas, entre mim e meu pai, ou entre os tomates e a abóbora, os feijões e as algas, as algas e o milho, o milho e a terra, a terra e as cercas de arame"[6]. Referindo-se explici-

---

6. "It's about relationships to people, like me and my dad, or tomatoes to squash, beans to weeds, and weeds to the corn, the corn to the ground and the ground to the extension cords", in *Jason Rhoades, Perfect world*, catálogo da exposição no Deichtorhallen de Hamburgo (Hamburgo, Oktagon, 2000).

tamente – pelo menos no início – aos mercados populares da Califórnia, suas instalações são a imagem enlouquecedora de um mundo sem centro possível, que desmorona por todos os lados sob o peso da produção e da impossibilidade prática de uma reciclagem. Ao visitá-las, pressentimos que a tarefa da arte não é mais propor uma síntese artificial entre elementos heterogêneos, e sim gerar "massas críticas" formais, por meio das quais a estrutura familiar do mercado se transforma num imenso entreposto de linhas de venda, e, na verdade, numa monstruosa cidade do refugo. Seus trabalhos consistem em materiais e ferramentas, mas numa escala descomunal: "monte de canos, monte de braçadeiras, monte de papéis, monte de tecidos, todas essas quantidades industriais de coisas..."[7]. Rhoades adapta a *junk fair* americana às dimensões de Los Angeles por meio da experiência, fundamental em sua obra, do uso do automóvel. Quando lhe pediram para justificar a evolução de sua peça *Perfect World*, ele respondeu: "A verdadeira grande mudança em meu novo trabalho é o carro". Andando em seu Chevrolet Caprice, ele estava "dentro e fora [de si], dentro e fora da realidade", ao passo que a compra de uma Ferrari modificou sua relação com a cidade e com seu trabalho: "Dirigir do ateliê até vários lugares é dirigir fisicamente, é uma imensa energia, mas não é mais um passeio sonhador como era antes"[8]. O espaço da obra é o

---

7. Idem ("pile of pipes, pile of clamps, pile of paper, pile of fabric, all these industrial quantities of things…").
8. Idem.

espaço humano percorrido a uma determinada velocidade: os objetos que subsistem, portanto, ora são enormes, ora se reduzem ao tamanho do carro-habitáculo que, ao permitir selecionar as formas, desempenha o papel de um instrumento ótico.

O trabalho de Thomas Hirschhorn apresenta espaços de trocas e locais onde o indivíduo perde o contato com o social e se incrusta num fundo abstrato: um aeroporto internacional, vitrines de grandes lojas de departamento, a sede social de uma empresa... Em suas instalações, as formas vagas do cotidiano estão embrulhadas em papel-alumínio ou filme plástico e, dessa maneira, uniformizadas, são projetadas em monstruosas formas-redes que proliferam tentacularmente. Esse trabalho, porém, reencontra a forma-mercado na medida em que introduz nesses locais típicos da economia globalizada elementos de resistência e de informação: panfletos políticos, recortes de artigos de jornal, tevês, imagens midiáticas. O visitante que circula pelos ambientes de Hirschhorn percorre com desconforto um organismo abstrato, pastoso e caótico. Ele pode identificar os objetos que encontra – jornais, produtos, veículos, objetos do cotidiano –, mas sob a forma de espectros viscosos, como se um vírus de computador tivesse assolado o espetáculo do mundo para substituí-lo por um sucedâneo geneticamente modificado. Esses produtos corriqueiros são apresentados em estado larvar, como monstruosas matrizes interconectadas numa rede capilar que não leva a lugar algum – o que, em si, já constitui um comentário sobre a economia.

Um mal-estar parecido cerca as instalações de George Adeagbo, que apresentam uma imagem da recuperação econômica africana ao longo de um labirinto de capas velhas de discos, refugos ou recortes de jornais, que são como legendas de anotações pessoais de um diário íntimo, irrupção da consciência humana nos recessos da miséria dos produtos expostos.

Desde o final do século XVIII, o termo "mercado" afastou-se de seu referente físico e passou a designar o processo abstrato de compra e venda. No bazar, explica o economista Michel Henochsberg, "a transação vai além do simplismo seco e reducionista com que ela é fantasiada pela modernidade"[9], assumindo seu estatuto original de negociação entre duas pessoas. O comércio é, antes de mais nada, uma forma de relação humana, ou melhor, um pretexto para criar uma relação. Assim, toda transação pode ser definida como "um encontro de histórias, afinidades, vontades, pressões, chantagens, condutas, tensões".

A arte visa conferir forma e peso aos mais invisíveis processos. Quando partes inteiras de nossa vida caem na abstração devido à mudança de escala da globalização, quando funções básicas de nosso cotidiano são gradualmente transformadas em produtos de consumo (incluídas as relações humanas, que se tornam um verdadeiro interesse da indústria), parece muito lógico que os artistas procurem *rematerializar* essas funções e esses processos, e

---

9. Michel Henochsberg, *Nous nous sentions comme une sale espèce*, Paris, Denoël, 1999, p. 239.

devolver concretude ao que se furta à nossa vista. Não como objetos, o que significaria cair na armadilha da reificação, mas como suportes de experiências: a arte, ao tentar romper a lógica do espetáculo, restitui-nos o mundo como experiência a ser vivida.

Como o sistema econômico nos priva progressivamente dessa experiência, cabe inventar modos de representação dessa realidade não vivida. Uma série de pinturas de Sarah Morris, que mostra as fachadas das sedes de grandes multinacionais num estilo abstrato geométrico, restitui às marcas que parecem puramente imateriais o lugar físico a que pertencem. Segundo a mesma lógica, o tema das pinturas de Miltos Manetas é a internet, o poder da informática, mas apresentada sob os traços dos objetos que nos permitem o acesso a ela: os computadores, num cenário doméstico. O atual sucesso do mercado ou do bazar entre os artistas contemporâneos deriva da vontade de devolver um caráter palpável a essas relações humanas que a economia pós-moderna consigna à bolha financeira. Mas essa mesma imaterialidade se revela fictícia, diz Michel Henochsberg, na medida em que os dados que nos surgem como os mais abstratos – por exemplo, os preços das matérias-primas ou da energia, grandes definidores do mercado – são, na realidade, objeto de negociações muitas vezes arbitrárias.

Assim, a obra de arte pode consistir num dispositivo formal que gera relações entre pessoas, ou nascer de um processo social – fenômeno que apresentei com o nome de estética relacional – cuja característica determinante é considerar o intercâmbio humano como objeto estético em si.

Com *Everything NT$20 (Chaos Minimal)*, Surasi Kusolwong amontoa em bancas retangulares monocromáticas, com uma gama de tons vivos, milhares de objetos fabricados na Tailândia: camisetas, bugigangas de plástico, cestas, brinquedos, utensílios de cozinha etc. Os montes coloridos vão diminuindo aos poucos (como as "pilhas" de Felix Gonzalez-Torres), pois os visitantes da exposição podem levar os objetos em troca de algum dinheiro, colocado em grandes urnas transparentes de vidro fumê, que evocam explicitamente as esculturas de Robert Morris. O que o dispositivo de Kusolwong mostra claramente é o universo da transação: a disseminação dos produtos multicoloridos nas salas da exposição e a substituição progressiva dos pacotes por moedas e notas, que oferecem uma imagem concreta da troca comercial. Quando Jens Haaning organiza em Friburgo uma loja de produtos importados da França, com preços claramente inferiores aos praticados na Suíça, ele também está questionando os paradoxos de uma economia falsamente "globalizada" e atribuindo ao artista um papel de contrabandista.

O USO DAS FORMAS

> Se um espectador me diz: "o filme que vi não
> prestava", eu respondo: a culpa é sua,
> pois o que você fez para tornar o diálogo bom?
> Jean-Luc Godard

Os anos 1980 e o nascimento da cultura DJ: para um comunismo das formas

Durante os anos 1990, a democratização da informática e o surgimento do sampleamento criaram uma nova paisagem cultural, cujas figuras emblemáticas são os DJs e os programadores. O remixador tornou-se mais importante do que o instrumentista, a rave, mais excitante do que um concerto. A supremacia das culturas da apropriação e do novo tratamento dado às formas gera uma moral: as obras pertencem a todos, parafraseando Philippe Thomas. A arte contemporânea tende a abolir a propriedade das formas ou, pelo menos, a perturbar essas antigas jurisprudências. Estaremos nos dirigindo para uma cultura que abandona o copyright em troca de uma gestão do direito de acesso às obras para uma espécie de esboço do *comunismo das formas*?

Guy Debord, em 1956, publica *Mode d'emploi du détournement* [*Modo de uso do desvio*]:

> A herança literária e artística da humanidade, como um todo, deve ser utilizada para fins de propaganda militante. [...] Todos os elementos, tomados em qualquer lugar, podem ser objeto de novas abordagens. [...] Tudo pode servir. É evidente que se pode não só corrigir uma obra ou integrar diversos fragmentos de obras antigas numa nova obra, como também mudar o sentido desses fragmentos e falsificar de todas as maneiras aquilo que os imbecis se obstinam em chamar de citações.

Com a Internacional letrista, e depois a Internacional situacionista, que lhe sucedeu em 1958, surge assim uma nova noção, o desvio artístico, que pode ser descrito como um uso político do *ready-made recíproco* de Duchamp (que dava o exemplo de um "Rembrandt usado como tábua de passar roupa"). Essa "reutilização de elementos artísticos preexistentes numa nova unidade" é uma das ferramentas que contribuem para a superação da atividade artística, dessa arte "separada" executada por produtores especializados. A Internacional situacionista preconiza o desvio das obras existentes para "devolver paixão à vida cotidiana", privilegiando a construção de situações vividas em vez da fabricação de obras que ratificam a divisão entre atores e espectadores da existência. Para Guy Debord, Asger Jorn e Gil Wolman, os principais artífices da teoria do desvio, as cidades, os edifícios e as obras devem ser considerados elementos decorativos ou instrumentos lúdicos e festivos. Os situacionistas pregam a prática da *deriva*, técnica de percorrer vários ambientes urbanos como se fossem estúdios cinematográficos. Essas situações a ser construídas são obras vividas, efêmeras e imateriais, uma "arte da fuga do tempo" rebelde a qualquer fixação. A tarefa dos situacionistas consiste em erradicar, com ferramentas tomadas ao léxico moderno, a mediocridade de uma vida cotidiana alienada, perante a qual a obra de arte funciona como tela ou prêmio de consolação, pois não representa nada além da materialização de uma falta. Como escreve Anselm Jappe, "é curioso observar como a condenação situacionista da obra de arte se assemelha à concepção psicanalítica, que vê na obra a sublimação de um desejo irrealizado"[1].

O desvio situacionista não é uma opção dentro de um leque de técnicas artísticas, mas consiste no único modo possível de utilização da arte – que representa apenas um obstáculo à realização do projeto vanguardista. Todas as obras do passado, afirma Asger Jorn em seu ensaio *Peinture détournée* [*Pintura desviada*] (1959), devem ser "reinvestidas"

---

1. Anselm Jappe, *Guy Debord*, Marselha, Via valeriano, 1993; reed. Paris, Denoël, 2001.

ou desaparecer. Logo, não pode existir uma "arte situacionista", mas apenas um uso situacionista da arte, que passa por sua depreciação. O *Rapport sur la construction de situations* [*Relatório sobre a construção de situações*], publicado por Debord em 1957, incentiva o uso das formas culturais existentes "contestando-lhes qualquer valor próprio". O desvio, como Debord especifica mais tarde em *La Société du spectacle* [*A sociedade do espetáculo*], "não é uma negação do estilo, mas o estilo da negação", definido por Asger Jorn como "um jogo derivado da capacidade de desvalorização".

O desvio de obras preexistentes é comum hoje em dia, mas os artistas recorrem a ele não para "desvalorizar a obra de arte", e sim para utilizá-la. Assim como as técnicas dadaístas foram usadas pelos surrealistas com uma finalidade construtiva, a arte atual manipula os procedimentos situacionistas sem pretender a abolição total da arte. Notemos que um artista como Raymond Hains, genial praticante da deriva e instigador de uma infinita rede de signos interconectados, surge aqui como precursor. Hoje, os artistas praticam a pós-produção como uma operação neutra, de soma zero, ao passo que os situacionistas pretendiam corromper o valor da obra desviada, ou seja, investir contra o capital cultural. A produção, diz Michel de Certeau, é um capital a partir do qual os consumidores podem realizar um conjunto de operações que os convertem em locatários da cultura.

Agora que as recentes tendências musicais banalizaram o desvio, as obras de arte já não são consideradas obstáculos, e sim materiais de construção. Qualquer DJ hoje trabalha a partir de princípios herdados da história das vanguardas artísticas: desvio, *ready-mades* recíprocos ou ajudados, desmaterialização da atividade.

Segundo o músico japonês Ken Ishii,

> a história da música *techno* é parecida com a da internet. Agora cada um pode compor músicas ao infinito. Músicas que se dividem cada vez mais em diferentes gêneros, conforme a personalidade de cada um. O mundo inteiro ficará repleto de músicas diferentes, pessoais, que sempre irão inspirar outras mais. Tenho certeza de que agora não vão parar de surgir novas músicas[2].

Durante seu *set*, o DJ lida com discos, isto é, produtos. Seu trabalho consiste em mostrar seu itinerário pessoal no universo musical (sua *playlist*) e em encadear esses elementos numa determinada ordem, cuidando tanto do encadeamento quanto da construção de um ambiente (ele trabalha ao vivo sobre a multidão dançante e pode reagir a seus movimentos). Além disso, ele pode agir fisicamente sobre o objeto utilizado, praticando o *scratching* ou lançando mão de todo um repertório de ações (filtros, regulagem dos parâmetros na mesa de mixagem, acréscimos sonoros etc.). O set do DJ assemelha-se a uma exposição de objetos que Marcel Duchamp teria denominado *"ready-mades* ajuda-

---

2. Guillaume Bara, *La Techno*, Paris, Librio, 1999.

dos" [*ready-mades aided*]: produtos mais ou menos "modificados", cujo encadeamento produz uma *duração* específica. Assim, o estilo de um DJ revela-se em sua capacidade de habitar uma rede aberta (a história do som) e na lógica que organiza as ligações entre os trechos que ele junta. O *deejaying* supõe uma cultura do uso das formas que une o rap, a *techno* e todos os seus derivados posteriores.

DJ Mark the 45 King: "Eu não roubo a música toda deles, uso a pista de bateria, uso esse pequeno bip de fulano, uso a linha do teu baixo, já que você não está mais interessado mesmo"[3].

Clive Campbell, aliás, Kool Herc, já nos anos 1970 praticava uma espécie de sampleamento primitivo, o *breakbeat*, que consistia em isolar uma frase musical e colocá-la em circuito fechado, transferindo-a de uma cópia para outra do mesmo disco em vinil.

Deejaying e arte contemporânea: as figuras são similares.

Quando o *cross fader* da mesa de mixagem está no meio, os dois trechos tocam juntos: Pierre Huyghe apresenta uma entrevista com John Giorno junto com um filme de Andy Warhol. O *pitcher* permite controlar a velocidade do disco: *24 Hour Psycho*, de Douglas Gordon. *Toasting, rap, talk over*: Angela Bulloch dubla a trilha sonora do filme *Solaris*, de Andrei Tarkovski.

Cut: Alex Bag grava trechos de programas de televisão; Candice Breitz isola e monta fragmentos curtos de

---

3. S. H. Fernando Jr., *The New Beats*, Lille, Kargo, 2000.

imagens. *Playlists*: para seu projeto comum *Cinéma Liberté Bar Lounge* (1996), Douglas Gordon propunha uma seleção de filmes censurados no lançamento, enquanto Rirkrit Tiravanija construía um quadro de convívio em torno dessa programação.

Em nossa vida cotidiana, o interstício que separa a produção e o consumo se retrai a cada dia. É possível produzir uma obra musical sem saber tocar uma única nota, utilizando os discos existentes. De modo mais geral, o consumidor *customiza* e adapta os produtos comprados à sua personalidade e às suas necessidades. O *zapping* também é uma produção, a tímida produção do tempo alienado do lazer: o dedo na tecla, e está construída uma programação. Logo o *Do it yourself* atingirá todas as camadas da produção cultural: os músicos do Coldcut vão incluir em seu álbum *Let us play* (1997) um CD-ROM que permite remixar as faixas do disco.

O *consumidor em êxtase* dos anos 1980 desaparece diante de um consumidor inteligente e potencialmente subversivo: o usuário das formas. A cultura DJ nega a oposição binária entre a *enunciação do emissor* e a *participação do receptor*, que esteve no centro de muitos debates sobre a arte moderna. O trabalho de um DJ consiste na concepção de um encadeamento em que as obras deslizam umas sobre as outras, representando ao mesmo tempo um produto, um instrumento e um suporte. Um produtor é um simples emissor para o produtor seguinte, e agora todo artista se move numa rede de formas contíguas que se encaixam ao infinito. O produto pode servir para fazer uma obra, a obra pode voltar a ser um objeto: instaura-se uma rotação, determinada pelo uso dado às formas.

Angela Bulloch: "Quando Donald Judd fazia móveis, ele sempre dizia algo assim: uma cadeira não é uma escultura, porque só podemos vê-la quando estamos sentados nela. Assim, seu valor funcional impede que ela seja um objeto de arte, mas eu acho que isso não tem nenhum sentido".

A qualidade de uma obra depende da trajetória que descreve na paisagem cultural. Ela elabora um encadeamento entre formas, signos, imagens.

Mike Kelley, em sua instalação *Test room containing multiple stimuli known to elicit curiosity and manipulatory responses* (1999), faz uma verdadeira arqueologia da cultura modernista ao organizar a confluência de fontes iconográficas no mínimo heterogêneas: as cenografias de Noguchi para os balés de Martha Graham, certas experiências científicas sobre as reações de crianças à violência na tevê, as experiências de Harlow sobre a vida afetiva dos macacos, a performance, o vídeo e a escultura minimalista. Outra de suas obras, *Framed & Frame (Miniature reproduction "Chinatown wishing well" built by Mike Kelley after "miniature reproduction Seven star cavern" built by Prof. K. H. Lu)*, reconstrói e decompõe o "Poço dos desejos" de Chinatown, em Los Angeles, em duas instalações diferentes, como se a escultura votiva popular e seu respectivo enquadramento turístico (uma mureta cercada de grades) "pertencessem a categorias distintas". De fato, aqui o conjunto também mescla universos estéticos heterogêneos: o *kitsch* sino-americano, a estatuária budista e cristã, o spray de tinta dos grafiteiros, as infra-estruturas turísticas, as esculturas de Max Ernst e a arte informal. Com *Framed & Frame*, Mike Kelley dedica-se a "transmitir as formas que normalmente servem para representar o amorfo", a figurar a confusão visual, o estado informe da imagem, "a instabilidade das culturas que se entrechocam". Esses entrechoques, que representam a experiência cotidiana do morador das cidades deste começo do século XXI, representam também o tema da obra de Kelley. Seu trabalho mostra o crisol caótico da cultura global, em que entram a alta e a baixa cultura, o Oriente e o Ocidente, a arte e a não-arte, uma infinidade de registros icônicos e de modos de produção. A divisão do *Chinatown wishing well*, além de obrigar a pensar seu enquadramento como uma "entidade visual distinta", indica mais genericamente o grande tema de Kelley: o aplique [*détourage*], isto é, a maneira como nossa cultura funciona por transplantes, enxertos e descontextualizações. O enquadramento é ao mesmo tempo um indicador, um dedo que aponta o que se deve olhar, e um limite que impede que o objeto enquadrado caia na instabilidade, no informal, isto é, na vertigem do *não-referenciado*, da cultura "selvagem". As significações são, em primeiro lugar, produzidas por um enquadramento social. *Meaning is confused spatiality, framed*, diz o título de um texto de Kelley que poderíamos traduzir por: todo significado é uma espacialidade vaga, confusa, mas enquadrada...

A alta cultura baseia-se numa ideologia do pedestal e do enquadramento ou moldura, o exato delineamento dos objetos promovidos, engastados dentro de categorias e regidos por códigos de apresentação. A cultura popular, ao contrário, desenvolve-se na exaltação do mau gosto, da transgressão, do descomedimento – o que não significa que ela não produza seu próprio sistema de *enquadramentos*. O trabalho de Kelley opera por curtos-circuitos entre esses dois focos: o enquadramento cerrado da cultura de museu mesclando-se com a vagueza indistinta que cerca a cultura *pop*.

O aplique, gesto fundador do trabalho de Kelley, aparece como a figura principal da cultura contemporânea: incrustações da iconografia popular no sistema da grande arte, descontextualização do objeto em série, transferência das obras do repertório consagrado para contextos triviais... A arte do século xx é uma arte da montagem (a sucessão das imagens) e do aplique (a superposição das imagens).

Os *Garbage Drawings* (1988) de Mike Kelley, por exemplo, partem da representação do lixo nas histórias em quadrinhos. Podemos compará-los à série *Walt Disney Productions* de Bertrand Lavier, na qual os quadros e esculturas que formam o pano de fundo de uma aventura de Mickey no Museu de Arte Moderna, publicada em 1947, se transformam em obras reais. Mike Kelley escreve: "A arte deve se ocupar do real, mas ela questiona toda e qualquer concepção do real. Ela sempre transforma a realidade numa fachada, numa representação, numa construção. Mas ela também indaga os motivos dessa construção"[4]. E essas razões, esses motivos, se exprimem em enquadramentos, em pedestais, em vitrines mentais. Ao recortar formas culturais ou sociais (uma estátua votiva, histórias em quadrinhos, cenários de teatro, desenhos de crianças maltratadas) e *aplicá-las* num outro contexto, Kelley utiliza as formas enquanto ferramentas cognitivas, libertadas de seu condicionamento original.

John Armleder manipula fontes igualmente heterogêneas: objetos em série, indicadores estilísticos, obras de arte, móveis... Poderíamos considerá-lo o protótipo do artista pós-moderno, principalmente por ter sido um dos primeiros a entender a urgência de substituir a noção moderna de *novidade* por um conceito mais operacional. Afinal, explica ele, essa idéia de novidade era apenas um estímulo. Parece-lhe inconcebível "ir ao campo, parar na frente de um carvalho e dizer: mas eu já vi isso!". O fim do *telos* modernista (as noções de progresso e vanguarda) abre um novo espaço para o pensamento: agora é questão de atribuir um valor positivo ao *remake*, de articular usos, relacionar formas, em lugar da heróica busca do inédito e do sublime que caracterizava o modernismo. Adquirir objetos e dispô-los de uma certa maneira: Armleder

---

4. "Art must concern itself with the real, but it throws any notion to the real into question. It always turns the real into a façade, a representation, and a construction. But also it raises questions about the motives of that construction."

compara essa arte do *shopping* e do *display* àqueles filmes pejorativamente chamados de *classe B*. Um filme classe B inscreve-se num determinado gênero (o bangue-bangue, o filme de horror ou de ação) como subproduto barato, mas mantém a possibilidade de introduzir variantes dentro dessa grade rígida que, ao mesmo tempo em que lhe impõe limites, é o que lhe permite existir. Para John Armleder, toda a arte moderna constitui um gênero fechado com que se pode brincar, tal como Don Siegel, Jean-Pierre Melville, e hoje John Woo ou Quentin Tarantino gostam de manipular as convenções do filme *noir*. Assim, seus trabalhos mostram um uso defasado das formas, segundo um princípio de apresentação que privilegia as *tensões* entre elementos triviais e outros considerados sérios: uma cadeira de cozinha sob uma tela geométrica abstrata, salpicos de tinta à Larry Poons nos lados de uma guitarra elétrica... O aspecto austero e minimalista das obras de Armleder nos anos 1980 reflete os chavões intrínsecos a esse modernismo classe B. Ele explica:

> Podem achar que eu compro os móveis por suas qualidades formais e numa ótica formalista. Digamos que a escolha de um objeto provém de uma decisão *global* que é formalista, mas esse sistema favorece decisões totalmente externas à forma: minha escolha final zomba do sistema um pouco rígido que utilizo no começo. Se estou procurando um canapé bauhausiano de um certo comprimento, acabo levando um móvel

Luís XVI. Meu trabalho detona a si próprio: todas as justificativas teorizáveis são negadas ou ridicularizadas pela execução da obra[5].

No trabalho de Armleder, os quadros abstratos e móveis pós-Bauhaus ali reunidos se transformam em elementos rítmicos, tal como o *Selector* dos primeiros tempos do hip-hop mixava dois discos com o *cross fader* da mesa de mixagem. "Uma pintura de Bernard Buffet sozinha não fica muito bem, mas uma pintura de Bernard Buffet com um Jan Vercruysse fica uma coisa extraordinária"[6].

No início dos anos 1990, o trabalho de Armleder volta-se para um uso mais explícito da subcultura. Globos espelhados, poços de imitação como enfeite de jardim, filmes de vídeo classe B, a obra de arte torna-se o local de um *scratching* permanente. Quando retoma as esculturas em plexiglas feitas por Lynda Benglis nos anos 1970, sobre um fundo op art pintado em papel, ele opera como um mixador de realidades. Quando superpõe uma poltrona e uma geladeira (*Brandt sur Rue de Passy*) ou dois perfumes (*N. 5 sur Shalimar*), Bertrand Lavier está enxertando objetos num questionamento lúdico da categoria "escultura". Seu *TV Painting* (1986) mostra sete pinturas de Fautrier, Lapicque, De Staël, Lewensberg, On Kawara, Yves Klein e Lucio Fontana projetadas em tevês de tamanho igual ao da obra original.

---
5. Nicolas Bourriaud e Eric Troncy, "Entretien avec John Armleder", *Documents sur l'art*, n. 6, outono 1994.
6. Idem.

No trabalho de Lavier, são as categorias, os gêneros e os modos de representação que geram as formas, e não o inverso. Assim, o enquadramento fotográfico produz uma escultura, e não uma foto. A idéia de "pintar um piano" resulta num piano recoberto de uma camada de pintura expressionista. A visão de uma vitrine de loja pintada com branco-de-espanha gera uma pintura abstrata. Bertrand Lavier, que nisso está muito próximo de Armleder e Mike Kelley, toma como material as categorias estabelecidas que delimitam nossa percepção da cultura. Armleder as considera como subgêneros na classe B do modernismo; Kelley desconstrói as figuras para confrontá-las com as práticas da cultura popular; Lavier mostra como as próprias categorias artísticas (a pintura, a escultura, a arquitetura, a fotografia), tratadas ironicamente como fatos inegáveis, produzem formas que constituem sua crítica mais aguda.

Podemos pensar que essas estratégias de reativação e de *deejaying* das formas visuais representam uma reação diante da superprodução, da inflação de imagens. O mundo está saturado de objetos, já dizia Douglas Huebler nos anos 1960 – e acrescentava que não queria produzir ainda mais. Se a proliferação caótica da produção levava os artistas conceituais à desmaterialização da obra de arte, hoje ela desperta nos artistas da pós-produção estratégias de mixagem e de combinações de produtos. A superprodução não é mais vivida como um *problema*, e sim como um ecossistema cultural.

A forma como enredo: um modo de utilização do mundo
(Quando os enredos se tornam formas)

Os artistas da pós-produção inventam novos usos para as obras, incluindo as formas sonoras ou visuais do passado em suas próprias construções. Mas eles também trabalham num novo recorte das narrativas históricas e ideológicas, inserindo seus elementos em enredos alternativos.

Pois a sociedade humana é estruturada por narrativas, por enredos imateriais mais ou menos reivindicados enquanto tal, que se traduzem em maneiras de viver, em relações no trabalho ou no lazer, em instituições ou em ideologias. Os responsáveis pelas decisões econômicas projetam cenários sobre o mercado mundial. O poder político elabora previsões e planejamentos. Vivemos dentro dessas narrativas. Assim, o emprego segue o enredo dado pela divisão do trabalho; o casal heterossexual segue o enredo sexual dominante; a televisão e o turismo oferecem o enredo privilegiado para o lazer. "Todos nós estamos presos no enredo do capitalismo tardio"[7], escreve Liam Gillick.

Para os artistas que hoje contribuem para o nascimento de uma *cultura da atividade,* as formas que nos cercam são as materializações desses enredos. Essas narrativas "resumidas" e embutidas em todos os produtos culturais, e tam-

---

7. "We are all caught within the scenario play of late capitalism", escreve Liam Gillick. "Some artists manipulate the techniques of 'prevision' in such a way as to allow the motivation to show."

bém em nosso ambiente cotidiano, reproduzem enredos comunitários mais ou menos implícitos: assim, um celular ou uma roupa, uma vinheta de um programa de televisão ou uma logomarca induzem a certos comportamentos e promovem valores coletivos, visões de mundo. Os trabalhos de Liam Gillick questionam a fronteira entre ficção e informação, redistribuindo essas duas noções a partir de um conceito de *enredo* do ponto de vista social, isto é: como não só o conjunto dos discursos de previsão e planejamento com que o universo socioeconômico mas também as indústrias do imaginário de Hollywood inventam o presente. "A produção de enredos é um dos principais componentes necessários para manter o nível de mobilidade e de reinvenção necessário para fornecer a aura de dinamismo da chamada economia de mercado.[8]" Os artistas da pós-produção utilizam e decodificam essas formas para produzir linhas narrativas divergentes, relatos alternativos. Assim como nosso inconsciente tenta, bem ou mal, escapar à suposta fatalidade da história familiar por meio da psicanálise, a arte conscientiza os enredos coletivos e propõe outros percursos dentro da realidade, com a ajuda das próprias formas que materializam essas narrativas impostas. Os artistas, ao manipular as linhas esquemáticas do enredo coletivo, isto é, ao considerá-las não como fatos

---

8. "The production of scenarios is one of the key components required in order to maintain the level of mobility and reinvention required to provide the dynamic aura of so-called free-market economy." Liam Gillick, "Should the future help the past?", in *Dominique Gonzalez-Foerster, Pierre Huyghe, Philippe Parreno* (Paris, MAMVP, 1999, catálogo).

indiscutíveis, mas como estruturas precárias que utilizam como ferramentas, produzem esses espaços narrativos singulares que têm sua apresentação nas obras. É o uso do mundo que permite criar novas narrativas, ao passo que sua contemplação passiva submete as produções humanas ao espetáculo comunitário. Não existe, de um lado, a criação viva e, de outro, o peso morto da história das formas: os artistas da pós-produção não estabelecem uma diferença de natureza entre seus trabalhos e os trabalhos dos outros, nem entre seus gestos e os gestos dos observadores.

Rirkrit Tiravanija

Nos trabalhos de Pierre Huyghe, Liam Gillick, Dominique Gonzalez-Foerster, Jorge Pardo ou Philippe Parreno, a obra de arte representa o lugar de uma negociação entre realidade e ficção, narrativa e comentário. Quem visita uma exposição de Rirkrit Tiravanija – *Untitled (One Revolution per Minute)*, por exemplo – tem dificuldade em distinguir a fronteira entre a produção do artista e sua própria produção. Uma bancada com crepes, cercada por uma mesa invadida pelos visitantes, ocupa o centro de um labirinto de bancos, catálogos, tapeçarias; quadros e esculturas dos anos 1980 (David Diao, Michel Verjux, Allan McCollum...) dão ritmo ao espaço. Diante de uma obra que consiste essencialmente no consumo de um prato, e por meio da qual os visitantes, tal como o artista, são levados a executar gestos cotidianos, onde termina a cozinha e onde começa a arte? Essa exposição mostra claramente uma vontade de inventar novos vínculos entre a atividade artística e o conjunto das atividades humanas, com a construção de um espaço narrativo que encaixa obras ou estruturas do cotidiano dentro de uma forma-enredo, tão diferente da arte tradicional quanto uma festa rave comparada a um *show* de *rock*.

Os títulos dos trabalhos de Rirkrit Tiravanija sempre vêm acompanhados por essa menção entre parênteses: *lots of people*, montes de gente. A "gente" é um dos componentes da exposição. Em vez de ficar olhando um conjunto de objetos expostos à sua apreciação, as pessoas são levadas a circular e a se servir deles. Assim, o sentido da exposição constitui-se conforme ela é usada pelas pessoas que comparecem, tal como uma receita culinária só tem sentido quando é executada por alguém e, depois, apreciada pelos convidados. A obra fornece uma trama narrativa, uma estrutura a partir da qual se forma uma realidade plástica: espaços destinados à realização de funções cotidianas (ouvir música, comer, descansar, ler, discutir), obras de arte, objetos. O visitante de uma exposição de Rirkrit Tiravanija é colocado diante do processo de constituição do sentido de sua própria vida, por meio do processo paralelo (e semelhante) de constituição do sentido da obra. Tal como um diretor de cinema, Tiravanija é alternadamente ativo e passivo, incitando os atores a adotar uma atitude específica, para depois deixar que improvisem; pondo a mão na massa, antes de deixar atrás de si os restos ou uma simples receita. Assim, ele produz modos de socialidade em parte imprevisíveis, uma *estética relacional* que tem na mobilidade sua primeira característica. Sua obra é feita de barracas precárias, de acampamentos, de *workshops*, de trajetos e encontros efêmeros: o verdadeiro tema da obra de Tiravanija é o nomadismo, e é por meio da problemática da viagem que conseguimos realmente enxergar seu universo formal. Em Madri, ele filma o trajeto entre o aeroporto e o Centro Rainha Sofia, onde participa de uma exposição (*Untitled, para Cuellos de Jarama to Torrejon de ardoz to Coslada to Reina Sofia*, 1994). Para a Bienal de Lyon, ele expõe o automóvel que lhe permitiu chegar ao museu (*Bon Voyage, Monsieur Ackermann*, 1995). *On the Road with Jiew, Jeaw, Jieb, Sri and Moo* (1998) consiste numa viagem de Los Angeles até o local da exposição, na Filadélfia, com cinco estudantes da universidade de Chiang Mai. O longo percurso foi documentado em vídeo, com fotos e um diário de viagem na internet, apresentado no Museu da Filadélfia antes de resultar num catálogo em CD-ROM.

Tiravanija reconstitui também estruturas arquitetônicas por onde passou, tal como o imigrante que faz a relação dos locais que deixou: o apartamento de Lower East Side reconstituído em Colônia; um dos oito estúdios do *Context studio* em Nova York, que ele freqüentava anteriormente (*Rehearsal studio n. 6*); a galeria Gavin Brown, transformada em Amsterdã num local de repetição... Seu trabalho mostra-nos um universo feito de quartos de hotéis, de restaurantes, de lojas, cafés, locais de trabalho, pontos de encontro e acampamentos (a barraca de *Cinéma de ville*, 1998). Os tipos de espaço propostos por Tiravanija são os que formam o cotidiano do viajante sem raízes: todos são espaços públicos, à exceção de seu apartamento, cuja forma o acompanha pelo estrangeiro, como um fantasma de sua vida passada.

A arte de Tiravanija sempre mantém uma relação com a oferta ou a abertura de um espaço. Ele nos oferece as formas de seu passado, seus instrumentos, e transforma os locais de suas exposições em áreas abertas a todos, como em sua primeira mostra nova-iorquina, quando convidava os sem-teto para ir tomar uma sopa. Podemos relacionar essa atitude (e a imagem resultante do artista) com aquela generosidade imediata da cultura tailandesa, na qual os monges budistas são amparados pela mendicância institucional.

Essa precariedade ocupa o centro do universo formal de Rirkrit Tiravanija; nada é duradouro, tudo é movimento: o trajeto entre dois pontos é mais importante do que o próprio ponto, e os encontros são mais privilegiados do que os indivíduos postos em contato. Os músicos de uma *jam session*, a clientela de um café ou de um restaurante, as crianças de uma escola, o público de um espetáculo de marionetes, os convidados de uma refeição: comunidades temporárias que são organizadas e materializadas por suas atividades em estruturas que funcionam como atratores de humanidade. Ao associar as noções de comunidade e efêmero, Tiravanija opõe-se à idéia de uma identidade indissolúvel ou permanente: nossa etnia, nossa cultura nacional e nossa própria personalidade são apenas bagagens que levamos conosco. O nômade descrito na obra de Tiravanija é alérgico às classificações nacionais, sexuais ou tribais. Cidadão do espaço público internacional, ele apenas se cruza com essas classificações por um tempo determinado antes de adotar uma nova identidade: ele é universalmente *exótico*. Ele conhece pessoas de todos os gêneros, tal como nos ligamos a desconhecidos durante uma viagem a terras distantes. Assim, podemos dizer que um dos modelos formais de seu trabalho é o aeroporto, esse local de trânsito onde as pessoas vão de loja em loja, de informação em informação, fazendo parte de microcomunidades reunidas à espera de um destino. As obras de Tiravanija são os acessórios e os cenários de um enredo planetário, de um roteiro *in progress* cujo tema seria: como habitar o mundo sem residir em lugar algum?

Pierre Huyghe

Se Tiravanija propõe ao público de suas exposições modelos de narrativas possíveis cujas formas mesclam a arte e a vida cotidiana, Pierre Huyghe organiza seu trabalho como uma crítica às narrativas-modelo que nos são propostas pela sociedade. As *sitcoms*, por exemplo, oferecem a uma audiência popular quadros imaginários com os quais ele pode se identificar. Seus enredos são escritos a partir de um roteiro básico chamado *bíblia*, um modelo que define o caráter geral da ação e dos personagens e o quadro em que devem se mover. O mundo descrito por Pierre Huyghe é sustentado por estruturas narrativas mais ou menos opressoras que têm na *sitcom* apenas uma versão mais branda; e a função da prática artística é acionar essas estruturas para revelar sua lógica coercitiva, antes de recolocá-las à disposição de um público capaz de se reapropriar delas. Essa visão de mundo está muito próxima da teoria de Michel Foucault sobre a organização do poder: uma "micropolítica" reproduz, de cima a baixo da escala social, ficções ideológicas que prescrevem modos de vida e organizam tacitamente o sistema de dominação. Em 1996, Pierre Huyghe propôs fragmentos de roteiros de Kubrick, Tati e Godard aos candidatos para sua seleção de atores (*Multiple Scenarios*). Um indivíduo que lê no palco o roteiro de *2001, uma odisséia no espaço* apenas amplia um processo que percorre a totalidade de nossa vida social: nós recitamos um texto escrito *em outro lugar*. E esse texto se chama ideologia. Trata-se, portanto, de aprender a se tornar o intérprete crítico desses enredos, jogando com eles e depois construindo comédias de situação que vêm se sobrepor às narrativas impostas. O trabalho de Pierre Huyghe pretende trazer à luz esses roteiros implícitos e, a partir deles, inventar outros que nos tornariam mais livres: se os cidadãos pudessem participar da elaboração da "bíblia" da *sitcom* social, em vez de decifrar suas linhas, ganhariam mais autonomia e liberdade.

Ao fotografar operários no trabalho, e depois ao expor essa imagem durante todo o período de construção num *outdoor* urbano acima do canteiro de obras (*Chantier Barbès-Rochechouart*, 1994), ele está propondo uma imagem do trabalho em tempo real: nunca se documenta a atividade de um grupo de operários num canteiro de obras urbano, e aqui a representação vem duplicá-la, como um documentário ao vivo. Pois a representação indireta, no trabalho de Huyghe, é o ponto central da falsificação social: ele quer devolver a palavra aos indivíduos, ao mesmo tempo mostrando o trabalho invisível de dublagem em curso. *Dubbing*, um vídeo que mostra atores sincronizando a dublagem de um filme em francês, contribui para mostrar claramente esse processo geral de espoliação: o timbre da voz representa e manifesta a singularidade de uma palavra que é minimizada ou apagada pelos imperativos da comunicação globalizada. A legenda contra a versão original. Padronização global dos códigos. Essa ambição faz lembrar a de Jean-Luc Godard dos anos de militância, quando tinha o projeto de refilmar *Love Story* e distribuir câmeras aos operários das fábricas para se contrapor à imagem burguesa do mundo, essa imagem falsificada que a burguesia chama de "reflexo do real". Como ele escreveu: "Às vezes a luta de classes é a luta de uma imagem contra outra imagem e de um som contra outro som". Assim, Huyghe faz um filme sobre Lucie Dolène (*Blanche Neige Lucie*, 1997), uma cantora francesa cuja voz foi utilizada pelos estúdios Walt Disney para a dublagem do filme *Branca de Neve*: ela pretende reivindicar os direitos sobre sua voz. Um processo semelhante rege sua versão de *Dog day afternoon* [*Un après-midi de chien* (*Um dia de cão*)], em que o herói do episódio, que na ocasião teve seus direitos comprados por Sydney Lumet, finalmente pôde desempenhar seu papel antes confiscado por Al Pacino: em ambos os casos, os indivíduos reapropriam-se de sua história ou de seu trabalho, e o real se desforra da ficção. Todo o trabalho de Pierre Huyghe, aliás, reside nesse interstício que os separa, alimentado por seu ativismo em favor de uma democracia dos papéis sociais: dublagem x redublagem. Esse retorno da ficção para a realidade cria brechas no espetáculo. "A questão é saber se os atores não se tornaram intérpretes", escreve Huyghe sobre seus cartazes com trabalhadores ou transeuntes expostos no espaço urbano. É preciso parar de interpretar o mundo, parar de desempenhar o papel de figurante numa partitura escrita pelo poder, e se tornar ator ou co-roteirista. O mesmo quanto às obras de arte: quando Huyghe refilma cada cena de um filme de Hitchcock ou Pasolini, quando justapõe um filme de Warhol e uma entrevista sonora de John Giorno, isso significa que ele se considera *responsável* pelas obras deles, e lhes devolve a dimensão de partitura para ser tocada outra vez, de instrumento para a compreensão do mundo atual. Jorge Pardo expressa uma idéia semelhante quando explica que há muitas coisas mais interessantes do que seu trabalho, mas que suas obras são "um modelo para olhar essas coisas". Huyghe e Pardo entregam ao mundo da *atividade* as obras de arte do passado. Com sua tevê pirata (*Mobile TV*, 1997), suas sessões de escolha do elenco ou com a criação da *Association des Temps libérés*, Huyghe fabrica estruturas que rompem a cadeia da interpretação em favor de figuras da *atividade*: dentro desses dispositivos, a própria troca se transforma em local de uso, e a forma-enredo torna-se uma possibilidade de redefinir essa linha de separação entre lazer e trabalho, dada pelo enredo coletivo. Huyghe trabalha como um montador. E "a noção política fundamental", escreve Jean-Luc Godard, é a montagem: uma imagem nunca está sozinha, ela existe apenas sobre um fundo (a ideologia) ou relacionada com as imagens anteriores ou posteriores. Ao produzir *imagens que faltam* à nossa compreensão do real, Huyghe faz um trabalho político: ao contrário do que se costuma pensar, não estamos saturados de imagens; estamos submetidos à escassez de certas imagens, que têm de ser produzidas contra a censura. Preencher os espaços em branco que puntuam a imagem oficial da comunidade.

Remake (1995) é um vídeo filmado num imóvel parisiense que retoma, cena por cena, a ação e os diálogos do filme *Janela indiscreta*, de Alfred Hitchcock, reinterpretado por jovens atores franceses no cenário de um bairro popular de Paris. O remake afirma a idéia de uma produção de modelos remontáveis ao infinito, de sinopses disponíveis para a ação cotidiana.

As casas inacabadas que compõem o cenário de *Les incivils* (1995), refilmagem de *Uccellacci e Uccellini* [*Gaviões e passarinhos*] de Pasolini, representam "um estado provisório, um tempo suspenso", visto que essas construções ficam desocupadas para escapar à legislação fiscal italiana.

Em 1996, Pierre Huyghe oferecia aos visitantes da exposição *Traffic* um passeio de ônibus até as docas de Bordeaux. Durante a viagem noturna, os passageiros podiam assistir a um vídeo que mostrava o percurso que estavam fazendo, porém durante o dia. Essa defasagem entre o dia e a noite, e também o ligeiro descompasso entre o real e a ficção, devido aos sinais vermelhos e ao trânsito, introduziam uma dúvida na realidade da experiência: assim, a sobreposição do tempo real e da filmagem gera um potencial narrativo. Quando a imagem se torna um laço que nos liga à realidade, um guia esquemático da experiência vivida, o sentido da obra provém de um sistema de *diferenças*: diferença entre o direto e o indireto; entre uma peça de Gordon Matta-Clark ou um filme de Warhol e a projeção dessas obras por Huyghe; entre três versões de um mesmo filme (*Atlantic*); entre a imagem do trabalho e a realidade desse trabalho (*Barbès-Rochechouart*); entre o sentido de uma frase e sua tradução (*Dubbing*); entre um momento vivido e sua versão roteirizada (*Third Memory*). É na diferença que se dá a experiência humana. A arte é o produto de uma distância.

Ao refilmar todas as cenas de uma película, representa-se outra coisa que não está na obra original. Mostra-se o tempo decorrido e, sobretudo, manifesta-se a capacidade de circular entre os signos, de habitá-los. Ao refilmar um grande clássico de Alfred Hitchcock num conjunto habitacional parisiense, com atores desconhecidos, Huyghe expõe um esqueleto de ação despojado de sua aura hollywoodiana, afirmando, assim, uma concepção da arte como produção de modelos remontáveis ao infinito, roteiros disponíveis para a ação cotidiana. Por que não utilizar um filme de ação para enxergar melhor o trabalho dos operários que constroem um edifício bem na frente de nossa janela? E por que não confrontar as palavras de *Uccellacci e Uccellini* de Pasolini, com um cenário de construções inacabadas, numa periferia italiana atual? Por que não usar a arte para olhar o mundo, em vez de manter o olhar preso às formas que ela põe em cena?

Dominique Gonzalez-Foerster

As *Chambres*, os *home-movies* e os ambientes impressionistas de Dominique Gonzalez-Foerster às vezes chocam a crítica por ser "demasiado íntimos" ou "demasiado atmosféricos". No entanto, ela explora a esfera doméstica relacionando-a com as problemáticas sociais mais candentes: mas o fato é que ela trabalha mais na *textura* do que na composição da imagem. Suas instalações lidam com atmosferas, climas, "sensações de arte" indizíveis, usando um repertório de imagens vaporosas e sem enquadramento – imagens sendo ainda postas em foco. Diante de uma peça de Gonzalez-Foerster, cabe ao espectador a tarefa de fazer a *mistura sensível*, tal como sua retina tem de fazer a *mistura ótica* perante os pontilhados de Seurat. Em seu curta-metragem *Riyo* (1998), o espectador precisa inclusive imaginar os traços dos protagonistas, cuja discussão pelo telefone segue um travelling ao longo do rio que atravessa Quioto, e os rostos nunca aparecem. As fachadas dos imóveis filmados num plano contínuo nos dão o quadro da ação, como se a esfera da intimidade, em toda a sua obra, se projetasse literalmente em objetos comuns e quartos, imagens-lembrança e plantas de casas. Ela não se limita a mostrar o indivíduo contemporâneo se debatendo com suas obsessões íntimas; ela apresenta as estruturas complexas do cinema mental com que esse indivíduo dá forma à sua experiência: é o que chama de *automontagem*, que parte da constatação de uma evolução de nossos modos de vida. Pois "a tecnologização dos interiores", diz ela, "transforma a relação com os sons e as imagens", levando o indivíduo a se tornar uma mesa de montagem ou de mixagem, o programador de um *home movie*, o habitante de uma zona de rodagem fílmica permanente, a qual não é senão sua própria existência.

"Telefones, cds, filmes, programas de rádio e televisão, interiores audiovisuais, atmosfera regida pelas ondas."

Aqui também estamos diante de uma problemática que compara o universo do trabalho e o da tecnologia, esta considerada como uma fonte de reencantamento do cotidiano e como um modo de produção de si. Seu trabalho é uma paisagem em que as máquinas se tornaram objetos apropriáveis, domesticáveis. Dominique Gonzalez-Foerster mostra o fim da técnica como aparelho de Estado, sua pulverização na vida cotidiana sob a forma de diários íntimos no computador, de rádios-despertadores ou de câmeras digitais. Para ela, o espaço doméstico não representa o símbolo de uma interiorização, mas é o lugar principal do confronto entre os enredos sociais e os desejos íntimos, entre as imagens recebidas e as imagens projetadas. Uma espécie de projeção. Todo interior doméstico funciona na chave da autonarrativa, constitui uma roteirização da vida cotidiana, mas também de uma *psique*: recriar o apartamento do cineasta Rainer Werner Fassbinder (*RWF*, 1993), quartos que foram moradia, a decoração dos anos 1970, um parque percorrido ao pôr-do-sol. Assim, Gonzalez-Foerster utiliza a psicanálise, em vários projetos, como uma técnica que permite o surgimento de novos enredos: diante de uma realidade pessoal reprimida, o analisado trabalha para reconstituir a narrativa de sua vida no plano do inconsciente, o que lhe permite se assenhorear de imagens, de comportamentos e formas que até então lhe escapavam. Ela pede ao visitante da exposição que desenhe a planta da casa em que morava quando criança ou solicita à galerista Esther Schipper que lhe forneça objetos e recordações de infância. O local central das experiências de Gonzalez-Foerster é o quarto de dormir: reduzido a um esqueleto afetivo (alguns objetos e cores), ela materializa o ato mnemônico, não apenas emocional, mas estético, visto que sua organização plástica, nas instalações, remete à arte minimalista.

Seu universo, composto de objetos afetivos e plantas a cores, aproxima-se do cinema experimental e dos *home movies* à Jonas Mekas: o trabalho de Gonzalez-Foerster, que surpreende por sua homogeneidade, parece constituir uma *película* de formas domésticas sobre a qual se projetam imagens. Ela apresenta estruturas onde se inscrevem lembranças, locais e fatos cotidianos. Essa película mental é objeto de um tratamento mais elaborado do que a trama narrativa, mas suficientemente aberta para acolher o vivido do espectador, e até para lhe despertar a memória, como numa sessão psicanalítica. Seria o caso, diante de seu trabalho, de praticar um *olhar flutuante*, semelhante à *escuta flutuante* com a qual o analista permite que o fluxo das lembranças se converta numa matéria sensível? O universo de Dominique Gonzalez-Foerster caracteriza-se por esse lado vago, ao mesmo tempo íntimo e impessoal, austero e livre, que forma os contornos de todas as narrativas da vida cotidiana.

Liam Gillick

O trabalho de Liam Gillick apresenta-se como um conjunto de estratos de informações (arquivos, cenas, cartazes, painéis, livros): essas obras poderiam constituir o cenário de um filme ou a redação de um roteiro. Em outras palavras, a narrativa em que consiste sua obra circula por entre e ao redor dos elementos expostos, sem que estes se limitem a ilustrá-la. Mas cada um desses objetos funciona como um roteiro esquemático, com indicadores provenientes de campos paralelos do saber (arte, indústria, urbanismo, política...). Por meio dos personagens históricos que desempenham um papel fundamental na História mesmo permanecendo na sombra (Ibuka, o vice-presidente da Sony; Erasmus Darwin, o irmão libertário do teórico da evolução das espécies; Robert Mac Namara, secretário da defesa durante a guerra do Vietnã), Gillick elabora instrumentos de investigação que dêem inteligibilidade ao nosso tempo. Assim, ele procura dissolver a fronteira existente entre os dispositivos narrativos da ficção e os da interpretação histórica e tenta estabelecer novas conexões entre documentário e ficção. A intuição da obra de arte como instrumento de análise dos enredos lhe permite substituir a sucessão empírica do historiador ("eis o que aconteceu") por narrativas que oferecem outras possibilidades de pensar o mundo atual, outros enredos e modos de ação. O real, para ser verdadeiramente visto e pensado, deve se inserir em narrativas de ficção; a obra de arte – que integra fatos sociais na ficção de um universo formal coerente –, segundo Gillick, deve por sua vez gerar usos potenciais desse mundo, uma espécie de logística mental que favorece a transformação. Ademais, tal como as exposições de Rirkrit Tiravanija, as de Liam Gillick supõem a participação do público, mas sem ostentação: sua obra é composta por mesas de negociação, estranhas *plataformas de discussão*, cenas vazias, painéis de cartazes, pranchetas, telas, salas de informação: estruturas coletivas, abertas – como as *ágoras* concebidas pelos urbanistas dos anos 1970. "Tento incentivar as pessoas a aceitar que a obra de arte apresentada numa galeria não é a resolução de idéias e objetos", escreve ele. Quando se mantém a lenda da obra de arte como problema resolvido, o que se ajuda a aniquilar é a ação do indivíduo ou dos grupos na História. Se as formas expostas por Liam Gillick parecem se confundir com o cenário da alienação cotidiana (*logos*, elementos de arquivos burocráticos e guichês, salas de reunião, espaços específicos da abstração econômica), os títulos e as narrativas a que remetem evocam incertezas, engajamentos possíveis, decisões a tomar. Suas formas sempre parecem em suspenso; elas preservam a ambigüidade entre o "acabado" e o "inacabado". Em sua exposição *Erasmus is late in Berlin* (1996), todos os lados das paredes da galeria Shipper & Krome foram recobertos com pinceladas visíveis de várias cores, mas a camada de tinta se interrompia a meia-altura. Nada é mais violentamente estranho ao mundo industrial do que esse estado de não-acabamento, do que essas mesas fabricadas às pressas ou esses trabalhos de pintura abandonados antes do final. Um objeto manufaturado não pode ficar inacabado. O caráter "incompleto" das obras de Gillick levanta uma questão para a memória operária: a partir de que momento do desenvolvimento do processo industrial a mecanização anula os últimos traços de intervenção humana? Qual o papel que desempenha a arte moderna nesse processo? Os modos de produção em massa anulam o objeto como enredo para consolidar seu caráter previsível, dominável, rotineiro. É preciso reintroduzir o imprevisível, a incerteza, o *jogo*: assim, certas peças de Liam Gillick podem ser realizadas por outras pessoas, na tradição funcionalista inaugurada por Moholy-Nagy. *Inside now, we walked into a room with Coca-Cola painted walls* (1998) é um *wall drawing* que deve ser pintado por vários assistentes, de acordo com regras precisas: trata-se de tentar chegar, pincelada após pincelada, à cor do famoso refrigerante seguindo um mesmo processo, pois ele é produzido em fábricas locais a partir do pó fornecido pela Coca-Cola Company. Analogamente, quando foi curador de uma exposição, Gillick pediu a dezesseis artistas ingleses que lhe enviassem instruções para que ele próprio executasse pessoalmente as peças no local (*Galerie Gio Marconi*, 1992).

Os materiais utilizados provêm da arquitetura da empresa: plexiglas, aço, cabos, madeira tratada ou alumínio colorido. Ao conectar a estética da arte minimalista ao tímido design das empresas multinacionais, Liam Gillick faz um paralelo entre o modernismo universalista e a *Reaganomics*, entre o projeto de emancipação das vanguardas e o protocolo de nossa alienação gerada por uma economia "moderna". Estruturas paralelas: a *Black Box* de Tony Smith torna-se em Gillick um "Projected think tank". As mesas de documentos que apareciam nas exposições de arte conceitual organizadas por Seth Siegelaub agora servem para ler ficção; a escultura minimalista transforma-se em elemento de um jogo de papéis. A grade modernista derivada da utopia da Bauhaus e do construtivismo depara-se com sua recuperação política, isto é, com o conjunto dos motivos através dos quais o poder econômico estabeleceu sua dominação. Não foram alunos da Bauhaus que, na Segunda Guerra Mundial, conceberam os *bunkers* do famoso

Muro do Atlântico? Essa arqueologia do modernismo fica especialmente visível numa série de peças realizadas a partir de seu livro *L'Île de la discussion, Le grand centre de conférence* (1997), ficção que apresenta um "grupo de reflexão sobre os grupos de reflexão". Classificadas segundo o vocabulário formal de Donald Judd, instaladas no teto, elas trazem títulos que remetem a funções dentro de um quadro empresarial: "Discussion island resignation platform", "conference screen", "dialogue platform", "moderation platform"... A fenomenologia, cara aos artistas do minimalismo, converte-se num monstruoso *behaviorismo burocrático*; a teoria da Gestalt transforma-se em procedimento publicitário. Os trabalhos de Liam Gillick, como os de Carl Andre, mais do que esculturas, representam zonas, e eles constituem a sinalética dessas zonas: aqui, é uma questão de renunciar, discutir, projetar imagens, falar, legislar, negociar, aconselhar, dirigir, preparar alguma coisa... Mas essas formas, que projetam enredos possíveis, implicam que o observador elabore outras formas para si mesmo.

Maurizio Cattelan

Sans titre (1993): acrílico sobre tela, 80 x 100 cm. A tela é rasgada três vezes em forma de Z, numa referência ao Z de Zorro no estilo de Lucio Fontana. Nessa obra muito simples, ao mesmo tempo minimalista e de acesso imediato, encontramos todas as figuras que compõem o trabalho de Cattelan: o desvio caricatural de obras do passado, a fábula moralista e, sobretudo, essa maneira insolente de retornar ao sistema de valores, arrombando-o, o que continua a ser a principal característica de seu estilo e consiste em tomar as formas ao pé da letra. Enquanto a laceração de uma tela, para Fontana, é um gesto simbólico e transgressor, Cattelan apresenta-nos esse ato em sua acepção mais corrente, o uso de uma arma como o gesto de um justiceiro de opereta. O gesto de Fontana, vertical, abria-se para o espaço infinito, para o otimismo modernista que imaginava um além-tela, um sublime ao alcance da mão. Sua retomada (em ziguezague) em Cattelan lança Fontana ao ridículo ao classificá-lo junto com uma série de televisão de Walt Disney (*Zorro*) praticamente contemporânea a ele. O ziguezague é o movimento mais utilizado por Cattelan: é um movimento por essência cômico, chapliniano, que corresponde a um perambular por entre as coisas. O artista-skatista faz fintas, seu porte vacilante desperta o riso, mas ele circunda as formas que vai roçando por devolvê-las à sua condição de cenário e acessórios. *Sans titre* (1993) é certamente uma obra programática, do ponto de vista da forma e do método: sem dúvida o ziguezague é seu sinal distintivo. Se considerarmos as várias "retomadas" que ele realiza, perceberemos que o método é sempre igual: a estrutura formal parece familiar, mas uma camada de significações aparece de maneira quase insidiosa, para subverter radicalmente nossa percepção. As formas de Maurizio Cattelan nos mostram sempre elementos familiares reproduzidos, numa voz *in off*, em anedotas cruéis ou sarcásticas. Em *Mon oncle*, de Jacques Tati, um homem observa uma fofoqueira depenando um frango. Então ele imita o cacarejo da ave, e a pobre mulher dá um pulo de susto, achando que o frango acabou de ressuscitar.

É um efeito parecido que emana da maioria das obras de Cattelan, quando ele "faz uma sonoplastia" do hino do Zorro em cima de um Fontana, quando ouvimos as Brigadas vermelhas na frente de uma obra que evoca Smithson ou Kounellis, quando pensamos num túmulo diante de um orifício ao estilo dos *earthworks* dos anos 1960. Quando instala um jumento vivo numa galeria nova-iorquina sob um candelabro de cristal (1993), é uma referência indireta aos doze cavalos que Jannis Kounellis expôs na galeria L'Attico em Roma, em 1969. Mas o título (*Warning! Enter at your own risk. Do not touch, do not feed, no smoking, no photographs, no dogs, thank you*) inverte radicalmente o sentido da obra, despojando-a de sua historicidade e de sua simbólica vitalista e remetendo-a ao sistema de representação, no sentido mais espetacular do termo: o que vemos é um espetáculo burlesco sob alta vigilância, cujos limites externos são puramente jurídicos. O animal vivo não é apresentado como beleza ou como novidade, mas como uma proposição perigosa para o público e extremamente problemática para o galerista. A referência a Kounellis não é gratuita, e fica claro que a arte povera representa a principal matriz formal da obra de Maurizio Cattelan no que se refere à composição das imagens e à distribuição espacial dos elementos *ready-mades*. O fato é que raramente ele utiliza objetos em série ou a tecnologia. Seu registro formal comporta de preferência elementos naturais (Jannis Kounellis, Giuseppe Penone) ou antropomórficos (Giulio Paolini, Alighiero e Boetti). Não são influências, e menos ainda homenagens à arte povera, e sim uma espécie de "HD" lingüística, aliás, muito discreta, que reflete uma educação visual italiana.

Em 1968, Pier Paolo Calzolari expôs *Sans titre (Malina)*, instalação onde apresenta um cão albino amarrado à parede, num ambiente com um monte de terra e blocos de gelo. Lembramos mais uma vez o criatório de Cattelan, com cavalos, jumentos, cães, avestruzes, pombos e esquilos. Com a ressalva de que seus animais não simbolizam nada, não remetem a nenhum valor transcendente, e se contentam em encarnar tipos, personagens ou situações: o universo simbólico desenvolvido pela arte povera ou por Joseph Buys desintegra-se na fábula cattelaniana sob a pressão de um "espírito maldoso" detonador que opõe formas e contradições, e que recusa ser habitado por qualquer valor positivo que seja. Essa maneira de voltar as formas modernistas contra a ideologia que lhes deu origem (contra a ideologia moderna da emancipação, contra o sublime), mas também contra o meio artístico e suas crenças, demonstra não um cinismo vulgar, e sim uma ferocidade caricatural. Algumas de suas exposições podem lembrar, à primeira vista, um Michael Asher ou um Jon Knight, na medida em que pretendem revelar as estruturas econômicas e sociais do sistema da arte, enfocando o galerista ou o espaço da exposição. Mas logo essa referência conceitual dá lugar a uma outra impressão, mais difusa: uma verdadeira personificação da crítica, que remete não só à forma da fábula, como veremos depois, mas também a uma autêntica vontade de prejudicar. Assim, em 1993, Cattelan realiza uma peça que ocupa todo o espaço da galeria Massimo de Carlo, em Milão, e só pode ser vista pela vitrine. O artista acaba admitindo: "Eu também queria botar Massimo de Carlo para fora da galeria durante um mês."

Espírito maldoso, o espírito do eterno *mau aluno* que se senta no fundo da classe. Tem-se a impressão de que Cattelan considera seu repertório formal como um conjunto de *lições de casa* e de figuras impostas, como uma espécie de programa escolar que o artista-cabulador se diverte transformando em jogo de cena. Uma de suas primeiras peças importantes, *Edizioni dell'obligo* (1991), consiste em livros escolares com a capa e o título modificados por crianças, numa espécie de desforra e gozação contra todos os programas. Quanto aos tecidos e cortinados da arte povera e da *antiforma* dos anos 1960, eles lhe servem... para fugir do Castello di Rivara, onde estava participando de sua primeira coletiva importante, em 1992: "Eu gostava de olhar o que os outros artistas faziam, como reagiam à situação. Esse trabalho não era apenas metafórico, era também um instrumento: na noite antes do *vernissage*, transpus a janela e fugi." A obra apresentada era pura e simplesmente essa escada improvisada, feita de lençóis amarrados, largada na fachada do castelo. Segundo o mesmo princípio, em 1998, durante o Manifesta II em Luxemburgo, Cattelan expõe uma oliveira plantada num imenso quadrilátero de terra. Um observador mais apressado poderia pensar num remake de Beuys ou de Penone; ora, ao fim e ao cabo, esse elemento vegetal não tem nenhuma participação no sentido da obra, a não ser articular-se em torno da sintaxe ofensiva desenvolvida pelo artista: cutucar os limites físicos e ideológicos dos indivíduos e das comunidades, testar as possibilidades e, sobretudo, a paciência das instituições.

Felix Gonzalez-Torres utilizava um repertório formal historicizado para revelar os embasamentos ideológicos e para constituir um novo alfabeto de luta contra as normas sexuais. Já Cattelan puxa as formas para o conflito e para a comédia: a provocação de atritos com os operadores do sistema da arte, com trabalhos que envolvem cada vez mais incômodos, estorvos e entulhamento; a revelação da comédia que sustenta as relações de força nesse sistema, com o uso de grades narrativas que dão uma guinada burlesca à história da arte recente. Em suma, seu comportamento de artista consiste em orientar as formas para a delinqüência.

Pierre Joseph: Little Democracy

Nossas vidas transcorrem sobre um fundo cambiante de imagens, entre fluxos de informações que envolvem a vida cotidiana. Toneladas de imagens são formatadas como produtos ou destinadas a vender outros objetos; circulam volumes maciços de informações. O projeto artístico de Pierre Joseph consiste em conferir sentido a esse ambiente: não se trata de uma enésima posição crítica, e sim de uma prática produtiva, semelhante à de quem navega numa rede, monta um itinerário ou surfa nas simulações interativas dos videogames. Ele trata, em primeiro lugar, das condições de surgimento e funcionamento das imagens, partindo do postulado de que agora estamos dentro de uma imensa zona-imagem, e não mais diante das imagens: a arte não é um espetáculo a mais, e sim um exercício de *aplique*. Joseph desenvolve uma relação lúdica e instrumental com as formas que ele manipula, compara ou adapta a novos usos estabelecendo diversos processos de reativações. Assim, o minimalismo lhe serve como base para *Cache cache killer* (1991). A arte abstrata sustenta uma exposição em forma de jogo de pistas (*La chasse au trésor ou l'aventure du spectateur disponible*, 1993), e as obras de Delaunay ou Maurizio Nannucci são recicladas em cenários para novas cenas do filme em que se movem seus *Personnages à réactiver*. Em 1992, ele chega a "refazer" peças que lhe interessam: Lucio Fontana, Jasper Johns, Hélio Oiticica, Richard Prince... Essa instrumentalização da cultura não demonstra uma desenvoltura qualquer em relação à História, muito pelo contrário: ela funda as condições de um comportamento livre numa sociedade de consumo dirigido. Pois, em Joseph, a reciclagem das formas e das imagens constitui a base de uma moral: é preciso inventar modos de habitar o mundo. Sofrer uma forma chama-se, em política, ditadura. Uma democracia, inversamente, convida a um permanente jogo dos papéis, a uma discussão infinita, à negociação. É o regime político mais falante, dizia Hannah Arendt. Portanto, parece plenamente lógico que Pierre Joseph tenha escolhido o título de *Little Democracy* para designar o conjunto dos *personagens vivos a reativar* por ele concebidos. Esses personagens, o primeiro deles surgido em 1991, se apresentam como figurantes vestindo uma panóplia, "instalados" na galeria ou no museu como se fossem uma obra qualquer, na noite da abertura; a seguir, eles serão substituídos por fotografias, simples indicador que permite que seu futuro proprietário "reative" a peça à vontade. Esses personagens provêm do imaginário da mitologia, dos videogames, das histórias em quadrinhos, do cinema ou da publicidade: o Super-Homem, a Mulher-Gato, os Ladrões de cores da Kodak, um jogador de *paintball*, Gasparzinho, a replicante de *Blade Runner*. Às vezes, um leve toque macabro introduz uma defasagem: o surfista está morto, um personagem acidentado está com a cabeça enfaixada, o chão aos pés do Super-Homem está cheio de bitucas e de garrafas de cerveja, o caubói está de borco na terra... Alguns são apresentados em seu verdadeiro pano de fundo: o azul que serve para as incrustações do vídeo, manifestando ao mesmo tempo sua irrealidade e seu potencial de deslocamento sobre diversos fundos, para infinitos enredos. Outros se apresentam como os atores de um jogo de papéis iconográficos, circulando pelo museu ou pelo espaço de uma coletiva, cercados de outras obras: seguindo Duchamp, que pretendia "usar um Rembrandt como uma tábua de passar roupa", Joseph planta seus personagens num museu de arte moderna convertido em cenário. Seu trabalho busca sempre o horizonte de uma *exposição onde o herói é o público*: a obra de arte torna-se um efeito especial numa encenação interativa. O processo de reativação da figura é duplo: trata-se igualmente de reativar as obras junto às quais se inscrevem os personagens, e assim o universo inteiro se torna um campo de jogo, um palco, um tabuleiro.

Esse sistema também é um projeto político: ele fala do convívio inteligente entre os sujeitos e os fundos sobre os quais eles se ativam; do convívio inteligente entre os humanos e as obras expostas à sua admiração. A reativação dos ícones, que caracteriza essa galeria de personagens disponíveis em que consiste a *Little Democracy*, representa uma forma essencialmente democrática, sem demagogia nem demonstrações pesadas. Pierre Joseph nos convida a habitar as narrativas anteriores a nós, a refabricar incessantemente as formas que nos convêm. Aqui, a finalidade da arte é introduzir o jogo nos sistemas de representação, evitar que ela se petrifique, descolar as formas do fundo alienante ao qual aderem quando são consideradas como coisas adquiridas. Uma leitura superficial dos personagens poderia sugerir que Joseph é um artista do irreal, do entretenimento popular. Ora, as figuras dos contos de fadas, os personagens dos quadrinhos e os heróis de ficção científica que povoam essa "democracia" não convidam a fugir da realidade; pelo contrário, essas *imagens que fazem a aprendizagem do real* nos levam, por ricochete, a fazer a aprendizagem de nossa realidade, mas a partir da ficção. No dispositivo complexo que rege os personagens vivos, Gasparzinho, Cupido ou a fada funcionam como imagens *incrustadas* no sistema da divisão do trabalho: esses seres imaginários, explica Joseph, obedecem a "um programa definido, comandado e imutável", e seu estatuto funcional não é diferente do de um operário que trabalha numa linha de montagem na Renault nem do de um garçom que pega o pedido, serve o prato e traz a conta. Esses personagens são extremamente tipificados, são retratos-robôs, imagens perfeitamente associadas a um personagem-modelo, a uma função determinada. O verdadeiro fundo mitológico de onde brotam é a ideologia da divisão do trabalho e da padronização dos produtos: a ordem do imaginário, codificada segundo o regime da produção, afeta por igual os encanadores e os super-heróis. A fada ilumina coisas com sua varinha mágica, o mecânico de carroceria ajusta elementos em linha: o trabalho é igual por toda parte, e é esse mundo de operações imutáveis e de possíveis disposições em circuito fechado que descreve Joseph – mundo cuja saída pode ser indicada pela imagem.

As imagens propostas por Joseph devem ser vividas: cumpre apropriar-se delas, reativá-las com sua inclusão em novos conjuntos. Em outros termos, trata-se de deslocar as significações. Ínfimas defasagens criam movimentos imensos: por que você acha que tantos artistas se empenham em refazer, recopiar, desmontar e remontar os componentes de nosso mundo visual? Por que Pierre Huyghe refilma Hitchcock ou Pasolini? Por que Philippe Parreno reconstitui uma linha de montagem destinada ao lazer? O artista deve remontar ao máximo possível dentro do maquinário coletivo para produzir um tempo-espaço alternativo, isto é, para reintroduzir o múltiplo e o possível dentro do circuito fechado do social. Pierre Joseph, com o auxílio de dispositivos capazes de "atingir e afetar seu local de exposição", propõe-nos objetos de experiência, produtos ativos, obras que sugerem novos modos de apreensão do real e novos tipos de investimento do mundo da arte. A nós cabe habitar a *Little Democracy*.

O USO DO MUNDO

> Todos os conteúdos são bons, contanto que não sejam interpretações, e que digam respeito ao uso do livro, multipliquem seu uso e formem uma língua dentro de sua língua.
>
> **Gilles Deleuze**

Playing the world: reprogramar as formas sociais

A exposição já não é mais o resultado de um processo, seu "happy end" (Parreno) é um local de produção. Nela, o artista coloca ferramentas à disposição do público, tal como, nos anos 1960, as manifestações de arte conceitual organizadas por Seth Siegelaub pretendiam simplesmente colocar informações à disposição do visitante. Sempre recusando as formas acadêmicas da exposição, os artistas dos anos 1990 viam o local da mostra como um espaço de convívio, um palco aberto a meio caminho entre cenário, estúdio de cinema e sala de documentação.

Em 1989, Dominique Gonzalez-Foerster, Bernard Joisten, Pierre Joseph e Philippe Parreno, em Ozone, propuseram uma exposição em forma de "estratos de informação" sobre a ecologia política. O visitante devia percorrer o espaço de maneira que ele mesmo fizesse sua montagem visual. Assim, Ozone apresentava-se como um *espaço cinegênico* onde o visitante ideal seria um ator – um ator da informação. No ano seguinte, em Nice, a exposição Les Ateliers du Paradise foi realizada como um "filme em tempo real": durante todo o projeto, Pierre Joseph, Philippe Parreno e Philippe Perrin ficam morando na galeria Air de Paris, mobiliada com obras de arte (de Angela Bulloch a Helmut Newton), engenhocas absurdas (um trampolim de ginástica, uma caixa de Coca que se mexe ao ritmo dos CDs) e uma seleção de vídeos, em que os três artistas se movem segundo os horários programados (aulas de inglês, visita de um psicólogo). Na noite da abertura, os visitantes tinham de vestir uma camiseta (exemplar único) que mostrava um nome genérico (O Bem, Efeito Especial, Gótico...), enquanto a realizadora Marion Vernoux, a partir desse jogo de identidades, podia redigir um roteiro em tempo real.

Em suma, um processo de exposição em tempo real, um motor de pesquisas em busca de seus conteúdos. Quando Jorge Pardo realiza *Pier* em Munster, em 1997, ele constrói um objeto aparentemente funcional, mas a função real desse píer de madeira é indeterminada. Pardo apresenta estruturas cotidianas, instrumentos, móveis, lâmpadas, mas não lhes atribui funções precisas: é muito possível que esses objetos *não sirvam para nada*. O que fazer numa cabana aberta, no final de um píer? Fumar um cigarro, como sugere o dispenser fixado numa de suas paredes? O visitante-observador deve inventar funções e cavoucar seu próprio repertório de comportamentos. A realidade social fornece a Pardo um conjunto de estruturas utilitárias, que ele reprograma em função de um saber artístico (a composição) e de uma memória das formas (a pintura modernista).

De Andrea Zittel a Philippe Parreno, de Carsten Höller a Vanessa Beecroft, a geração de artistas aqui tratada mescla arte conceitual e *pop art*, antiforma e *junk art*, mas também certos procedimentos do design, do cinema, da economia e da indústria: aqui é impossível dissociar as obras de seu pano de fundo social, os estilos e a História.

As ambições, os métodos e os postulados ideológicos desses artistas, porém, não se distanciam muito dos de um Daniel Buren, um Dan Graham ou um Michael Asher de vinte ou trinta anos atrás. Eles mostram a mesma vontade de desvendamento das estruturas invisíveis do aparato ideológico, desconstroem sistemas de representação e adotam uma definição da arte como "informação visual" capaz de destruir o entretenimento. Mas a geração de Daniel Pflumm e Pierre Huyghe se distingue das anteriores por um aspecto essencial: ela recusa qualquer metonímia. Sabemos que essa figura de estilo consiste em designar uma coisa por um de seus elementos constitutivos (por exemplo, dizer "os telhados" para se referir à "cidade"). A crítica social que faziam os artistas da arte conceitual, portanto, passava pelo filtro de uma crítica da instituição: para mostrar o funcionamento do conjunto da sociedade, eles exploravam o local específico em que se desenrolavam suas atividades, segundo os princípios de um *materialismo analítico* de inspiração marxista. Por exemplo, Hans Haacke denuncia as multinacionais evocando o financiamento da arte; Michael Asher trabalha sobre o conjunto arquitetônico do museu ou da galeria de arte; Gordon Matta-Clark perfura o chão da galeria Yvon Lambert (Descending Steps for Batan, 1977); Robert Barry declara fechada a galeria onde está expondo (Closed Gallery, 1969).

Enquanto o local de exposição constituía um meio em si para os artistas conceituais, hoje ele se tornou um local de produção entre outros. Agora não é tanto uma questão de analisar ou criticar esse espaço, e sim de situar sua posição dentro de sistemas de produção mais amplos, com os quais é preciso estabelecer e codificar relações. Em 1991, Pierre Joseph enumera uma lista interminável de ações ilegais ou perigosas que ocorrem nos centros de arte (desde "atirar em aviões", como fez Chris Burden, até "fazer grafites", "destruir o imóvel" ou "trabalhar aos domingos"), que os convertem num "local de simulação de liberdades e de experiências virtuais". Um modelo, um laboratório, um espaço lúdico: em todo caso, nunca o símbolo de coisa alguma, e menos ainda uma metonímia.

É o *socius*, ou seja, a totalidade dos canais que distribuem e repercutem a informação, que se torna o verdadeiro local de exposição para o imaginário dos artistas dessa geração. O centro de arte ou a galeria são casos particulares, mas fazem parte de um conjunto mais amplo: a praça pública. Assim, Daniel Pflumm expõe seu trabalho indiferentemente em galerias, clubes e quaisquer outras estruturas de difusão, desde a camiseta até os discos que constam do catálogo de seu rótulo Elektro Music Dept. Ele também faz um vídeo sobre um produto muito específico, sua própria galeria em Berlim (*Neu*, 1999). Dessa forma, não se trata de opor a galeria de arte (local da "arte separada", portanto, mau) a um espaço público idealizado como local do "bom olhar" sobre a arte, o olhar dos transeuntes, ingenuamente fetichizados tal como antes se idealizava o "bom selvagem". A galeria é um local como os demais, um espaço imbricado num mecanismo global, um acampamento de base indispensável a qualquer expedição. Um clube, uma escola ou uma rua não são *lugares melhores*, são simplesmente outros lugares para mostrar a arte.

Em termos mais gerais, tornou-se difícil considerarmos o corpo social como uma totalidade orgânica. Nós o percebemos como um conjunto de estruturas destacáveis entre si, à semelhança dos corpos contemporâneos que ganham volume com próteses e podem ser modificados à vontade. Para os artistas do final do século xx, a sociedade tornou-se um corpo dividido em lobbies, cotas ou comunidades, e ao mesmo tempo um imenso catálogo de tramas narrativas.

O que se costuma chamar "realidade" é uma montagem. Mas a montagem em que vivemos será a única possível? A partir do mesmo material (o cotidiano), pode-se criar diferentes versões da realidade. Assim, a arte contemporânea apresenta-se como uma mesa de montagem alternativa que perturba, reorganiza ou insere as formas sociais em enredos originais. O artista desprograma para reprogramar, sugerindo que existem outros usos possíveis das técnicas e ferramentas à nossa disposição.

Gillian Wearing e Pierre Huyghe realizam um vídeo a partir de sistemas de câmeras de vigilância. Christine Hill cria uma agência de viagens em Nova York que funciona como outra agência qualquer. Michael Elmgreen & Ingar Dragset montam uma galeria de arte dentro de um museu durante a Manifesta 2000, na Eslovênia. Alexander Györfi utiliza as formas do estúdio ou do palco, Carsten Höller recorre às experiências de laboratório. O ponto claro em comum entre todos esses artistas, e muitos outros entre os mais criativos da atualidade, consiste nessa capacidade de utilizar as formas sociais existentes.

Todas as estruturas culturais ou sociais, portanto, representam apenas roupas que devem ser vestidas, objetos que devem ser testados e experimentados, como fez Alix Lambert em *Wedding Piece*, obra que documenta seus cinco casamentos seguidos no mesmo dia. Matthieu Laurette usa como suporte de seu trabalho os pequenos classificados de jornal, os game shows, as ofertas de marketing. Navin Rawanchaikul trabalha sobre a rede dos táxis como outros desenham em papel. Fabrice Hybert, ao montar sua empresa UR, declara que quer "fazer um uso artístico da economia". Joseph Grigely expõe as mensagens e os pedaços de papel rabiscados que usa para se comunicar com os outros devido à sua surdez: ele *reprograma* uma deficiência física como um processo de produção. Mostrando em suas exposições a realidade concreta de sua comunicação cotidiana, Grigely toma como suporte de seu trabalho a esfera da intersubjetividade e dá forma a seu universo relacional. "Ouvimos a voz" dos que o cercam; quanto ao artista, põe legendas nas conversas. Ele reorganiza palavras humanas, fragmentos de discursos, traços escritos das conversas, numa espécie de sampleamento de proximidade, de ecologia doméstica. A nota por escrito é uma forma social à qual não se dá muita atenção, geralmente destinada a um uso profissional ou doméstico secundário. No trabalho de Grigely, ela perde seu estatuto subalterno e adquire a dimensão existencial de um instrumento de comunicação vital: incluída em suas composições, ela participa de uma polifonia nascida de um desvio.

Dessa maneira, os objetos sociais, desde as roupas até as instituições, passando pelas estruturas mais banais, não ficam inertes. Introduzindo-se no universo funcional, a arte revive esses objetos ou revela sua inanidade.

Philippe Parreno &...

A originalidade do grupo General Idea, desde o início dos anos 1970, consiste em trabalhar em função da formatação social: a empresa, a televisão, as revistas, a publicidade, a ficção. Diz Philippe Parreno:

> A meu ver, eles foram os primeiros a pensar a exposição, não mais em termos de formas ou objetos, e sim como formato. Formatos de representação, de leitura do mundo. A pergunta que se coloca em meu trabalho poderia ser a seguinte: quais são as ferramentas que permitem compreender o mundo?

O trabalho de Parreno parte do princípio de que a realidade é estruturada como uma linguagem, e de que a arte permite articular essa linguagem. Ele também mostra que toda crítica social está fadada ao fracasso, caso o artista se contente em sobrepor sua língua à língua falada pela autoridade. Denunciar, fazer a "crítica" do mundo? Não se denuncia nada de fora; primeiro é preciso assumir, ou pelo menos envergar, a forma daquilo que se quer criticar. A *imitação* pode ser subversiva, muito mais do que certos discursos de oposição frontal que apenas encenam gestos de subversão. É exatamente esse desafio às atitudes críticas estabelecidas na arte contemporânea que leva Parreno a adotar uma postura comparável à psicanálise lacaniana. É o inconsciente, dizia Jacques Lacan, que interpreta os sintomas e o fato muito melhor do que o analista. Louis Althusser, de seu ponto de vista marxista, dizia algo parecido: a verdadeira crítica é uma crítica do real existente pelo próprio real existente. Interpretar o mundo não basta, é preciso transformá-lo. É essa operação que tenta Philippe Parreno a partir do campo das imagens, considerando que elas desempenham na realidade o mesmo papel que os sintomas desempenham no inconsciente de um indivíduo. A pergunta posta por uma análise freudiana é a seguinte: como se organiza o desfile dos acontecimentos numa vida? Qual é a ordem em que se repetem? Parreno interroga o real de maneira semelhante, através de um trabalho de legendagem das formas sociais e da exploração sistemática dos laços que unem os indivíduos, os grupos e as imagens.

Não por acaso ele incorporou a dimensão da colaboração como um dos eixos principais de seu trabalho: o inconsciente, segundo Lacan, não é individual nem coletivo, ele existe apenas no entre-dois, no encontro, que é o começo de todas as narrativas. Constrói-se um sujeito "Parreno &" (& Joseph, & Cattelan, & Gillick, & Höller, & Huyghe, para lembrar algumas dessas colaborações) ao longo de exposições que muitas vezes se apresentam como modelos relacionais em que se negociam co-presenças entre diferentes protagonistas por meio da construção de um enredo, de uma narrativa.

Assim, no trabalho de Philippe Parreno, geralmente é o comentário que produz formas, e não o inverso: desmonta-se um enredo para reconstruir novos enredos, pois a interpretação do mundo é um sintoma entre outros. Em seu vídeo *Ou* (1997), uma cena aparentemente banal (uma moça tirando sua camiseta Walt Disney) vai em busca das condições de seu surgimento. Assim desfilam na tela, num longo rewind, os livros, filmes e discussões que resultaram na produção de uma imagem que dura apenas trinta segundos. Aqui – como no processo psicanalítico ou nas discussões infindáveis do *Talmude* – é o comentário que produz narrativas. O artista não deve transferir a ninguém o cuidado de legendar suas imagens, pois as legendas também são imagens, e assim ao infinito.

Uma das primeiras obras de Parreno, *No More Reality* (1991), já colocava essa problemática, ao ligar a noção de enredo e a noção de manifestação. Era uma seqüência irreal que mostrava uma manifestação composta de crianças com bandeirolas e cartazes, repetindo o *slogan* "No more reality" ["chega de realidade"]. A questão era: com qual palavra de ordem, com qual legenda desfilam hoje as imagens? A manifestação tem como finalidade produzir uma imagem coletiva que esboça cenários políticos para o futuro. A instalação *Speech Bubbles* (1997), composta por uma nuvem de balões cheios de gás hélio imitando aqueles balõezinhos de histórias em quadrinhos, aparece como um conjunto de "instrumentos de manifestação que permitem a cada um escrever seus próprios *slogans* e se singularizar dentro do grupo e, portanto, dentro da imagem que será sua representação"[1]. Aqui, Philippe Parreno opera no interstício que separa imagem e legenda, trabalho e produto, produção e consumo. Seus trabalhos, reportagens sobre a liberdade individual, tendem a abolir o espaço que separa a produção dos objetos e os seres humanos, o trabalho e o lazer. Com *Werktische/L'établi* (1995), Parreno desloca a forma da linha de montagem para os hobbies praticados aos domingos; com o projeto *No ghost, just a shell* (2000), iniciado juntamente com Pierre Huyghe, ele compra os direitos de uma personagem de mangá, Ann Lee, e faz com que ela discorra sobre seu ofício de personagem; num conjunto de intervenções reunidas sob o título *L'Homme public*, Parreno fornece a Yves Lecoq, famoso imitador francês, textos que ele declama imitando a voz de celebridades, desde Sylvester Stallone até o papa. Esses três trabalhos operam segundo as modalidades da ventriloquia e da máscara: ao

---

1. Entrevista de Philippe Parreno com Philippe Vergne, em *Artpress*, n° 264, jan. 2001.

colocar formas sociais (o *hobby*, o noticiário da televisão...), imagens (uma lembrança de infância, um personagem de mangá...) ou objetos cotidianos na posição de revelar suas origens e seus processos de fabricação, Parreno expõe o inconsciente da produção humana e o eleva à condição de um material de construção.

Hacking, emprego e tempo livre

As práticas de pós-produção geram obras que questionam o uso das formas do trabalho. O que se torna o emprego, quando as atividades profissionais são reproduzidas pelos artistas? Wang Du declara: "Eu também quero ser uma mídia. Quero ser o jornalista depois do jornalista". Ele realiza esculturas a partir de imagens difundidas pelos meios de comunicação, reenquadrando-as ou reproduzindo-as fielmente na escala e nos enquadramentos originais. Sua instalação *Stratégie en chambre* (1999) é uma imagem de dimensões enormes que obriga o visitante a atravessar várias toneladas de jornais publicados durante o conflito de Kosovo, massa informe encimada pelas efígies esculpidas de Bill Clinton e Boris Yeltsin, por algumas outras figuras em fotos da imprensa da época e um enxame de aviões de papel. A força do trabalho de Wang Du deriva de sua capacidade de dar lastro às imagens mais esquivas: ele quantifica aquilo que quer fugir à materialidade, recupera o volume e o peso dos acontecimentos, colore à mão as informações gerais. Wang Du é a venda da informação em leilão e por peso. Com sua loja de imagens esculpidas, ele inventa um artesanato da comunicação que reproduz o trabalho das agências de imprensa, lembrando-nos de que os fatos também são objetos que devemos rodear.

Pode-se definir o método de trabalho de Wang Du com a expressão *corporate shadowing*, que não é exatamente uma *espionagem empresarial*: é copiar, duplicar as estruturas profissionais, mas também espioná-las, *segui-las*.

Daniel Pflumm, quando trabalha a partir dos logos de grandes marcas como AT&T, também exerce o mesmo ofício de um escritório de comunicação. Ele "aliena e desfigura" essas siglas, "liberando suas formas" em filmes de animação, cujas trilhas sonoras ele faz. Seu trabalho aproxima-se também ao de um escritório de design, quando expõe, em caixas luminosas abstratas que evocam a história do modernismo pictórico, as formas ainda identificáveis de uma marca de água mineral ou de produtos alimentares. Pflumm explica: "Tudo na publicidade, desde o planejamento até a execução, passando por todos os intermediários imagináveis, é uma solução conciliatória e um conjunto absolutamente incompreensível de etapas de trabalho"[2].

Sem esquecer o que ele chama de "o verdadeiro mal": o cliente, que torna a publicidade uma atividade subordinada e alienada, que não permite qualquer inovação. Ao "duplicar" o trabalho das agências de publicidade com seus clipes piratas e suas insígnias abstratas, Pflumm produz objetos que parecem apliques num espaço flutuante derivado da

---

2. "Everything in advertising, from planning to production via all the conceivable middlemen, is a compromise and an absolutely incomprehensible complex of working steps." (Entrevista de Daniel Pflumm, Wolf-Günther Thiel, *Flash art* n° 209, nov-dez. 1999.)

arte, do design e do marketing publicitário. Sua produção inscreve-se no mundo do trabalho, duplicando seu sistema, mas sem se subordinar a seus resultados nem depender de seus métodos. O artista como funcionário-fantasma...

Swetlana Heger & Plamen Dejanov tinham resolvido dedicar suas exposições, durante um ano, a uma relação contratual com a BMW: venderam, então, sua força de trabalho, mas também seu potencial de visibilidade (as exposições às quais foram convidados), assim criando um suporte "pirata" para a indústria de automóveis. Folhetos, cartazes, brochuras, novos veículos e acessórios: Heger & Dejanov usaram, segundo o contexto das exposições, todo o conjunto de objetos e representações produzidas pela firma alemã. Suas respectivas páginas nos catálogos de exposições coletivas também foram ocupadas por propagandas para a BMW.

Um artista pode entregar deliberadamente sua obra a uma marca? Maurizio Cattelan tinha se contentado com um papel de intermediário, durante o Aperto da Bienal de Veneza, quando alugou seu espaço de exposição a uma marca de cosméticos. Essa peça se chamava "Trabalhar é chato" (*Lavorare è un brutto mestiere*, 1993). Heger & Dejanov, em sua primeira exposição em Viena, fizeram exatamente a mesma coisa ao fechar a galeria durante todo o período da exposição, permitindo que o pessoal saísse de férias. O assunto de seus trabalhos é o próprio trabalho: como o lazer de uns produz o emprego de outros, como o trabalho pode ser financiado por outros meios além do capitalismo clássico. Com o projeto BMW, eles mostraram como o próprio trabalho pode ser remixado, sobrepondo à imagem oficial das marcas outras imagens, suspeitas, porém aparentemente livres de qualquer imperativo comercial. Em ambos os casos, o mundo do trabalho, cujas figuras são reorganizadas por Heger & Dejanov, é objeto de uma pós-produção.

Mas as relações que Heger & Dejanov estabeleceram com a BMW adotam a forma de um contrato, de uma aliança. A prática de Daniel Pflumm, totalmente selvagem, situa-se à margem dos circuitos profissionais, fora de qualquer relação entre cliente e fornecedor. O trabalho de Pflumm sobre as marcas define um mundo onde o emprego não seria distribuído segundo a lei da troca e regido por contratos que ligassem diferentes entidades econômicas, mas ficaria entregue ao livre-arbítrio de cada um, num *potlach* permanente que não admite nenhum dom em troca. O trabalho assim redefinido apaga as fronteiras que o separam do lazer, pois executar uma tarefa que ninguém lhe pede aparece como a própria definição do tempo livre. Às vezes, esses limites são transpostos pelas próprias empresas, como notou Liam Gillick a respeito da Sony: "Estamos diante de uma separação entre a ordem profissional e a ordem doméstica, que foi inteiramente criada pelas empresas de eletrônica [...]. Os gravadores, por exemplo, nos anos 1940 só existiam no campo profissional, e as pessoas não entendiam bem para o quê aquilo poderia servir na vida diária. Sony apagou a fronteira entre o profissional e o doméstico"[3].

---

3. "Les gens étaient-ils aussi bêtes avant la télé?", entrevista de Liam Gillick a Eric Troncy, em *Documents sur l'art*, nº 11, 1977.

Em 1979, Rank Xerox imagina transpor o universo do escritório para a interface gráfica do computador, o que gera os "ícones", a "lixeira", os "documentos" e a "área de trabalho"; cinco anos depois, Steve Jobs, fundador da Apple, retoma esse sistema de apresentação no Macintosh. A partir daí, o tratamento do texto será regido pelo protocolo formal do setor terciário, e o imaginário do PC será moldado e colonizado pelo mundo do trabalho. Hoje, a generalização do *home studio* leva a economia artística a um movimento inverso: o mundo profissional ingressa no mundo doméstico, pois a divisão entre lazer e trabalho constitui um obstáculo à figura do empregado exigida pela empresa, a de alguém flexível e acessível a qualquer momento.

1994: Rirkrit Tiravanija organiza um "espaço de descanso" – com poltronas, uma mesa de pebolim, uma obra de Andy Warhol, uma geladeira – para que os artistas da exposição "Surfaces de réparation", em Dijon, possam relaxar durante os preparativos do espetáculo. A obra, que desaparece no mesmo momento em que é aberta ao público, é a imagem invertida do tempo de trabalho artístico.

Em Pierre Huyghe, a oposição entre a diversão e a arte resolve-se na atividade. Em vez de se definir pelo trabalho ("o que você faz na vida?"), o indivíduo abordado em suas exposições constitui-se pela forma como usa seu tempo ("o que você faz da vida?"). *Ellipse* (1999) apresenta o ator alemão Bruno Ganz, que vem fazer um engate entre duas cenas de *O amigo americano*, de Wim Wenders, filmado mais de vinte anos antes. Ganz deve simplesmente percorrer um trajeto apenas sugerido no filme de Wenders:

em outras palavras, preencher uma elipse. Mas quando o ator está trabalhando, e quando está de férias? Se estava empregado como ator em *O amigo americano*, terá parado de trabalhar quando, 21 anos depois, faz um engate entre duas cenas do filme de Wim Wenders? Será que, afinal, a elipse não é uma imagem do lazer como mero negativo do trabalho? Quando o tempo livre significa "tempo vazio" ou tempo do consumo organizado, não será uma simples passagem entre duas seqüências, um vazio?

Posters (1994) consiste numa série de fotos coloridas que mostram um indivíduo tampando um buraco na calçada e regando plantas numa praça pública. Mas existe hoje um espaço realmente público? Esses atos isolados, frágeis, dizem respeito à noção de responsabilidade: se há um buraco na calçada, por que há de ser um funcionário da prefeitura a tampá-lo, e não você ou eu? Pretendemos partilhar um espaço comum, mas na realidade ele é gerido por empresas privadas: estamos excluídos desse enredo, somos vítimas dessa legendagem errada, mentirosa, que desfila sob as imagens da comunidade política.

As imagens de Daniel Pflumm são produtos de uma microutopia semelhante, na qual a oferta e a demanda seriam afetadas pelas iniciativas individuais, um mundo onde o tempo livre geraria o trabalho e vice-versa. Um mundo onde o trabalho se junta ao *hacking* informático. Sabemos que certos *hackers* entram nos discos rígidos e decodificam os sistemas de empresas ou instituições por uma vontade de subversão, mas às vezes também na esperança de serem remunerados para aperfeiçoar seus sistemas de defesa:

primeiro demonstram sua capacidade de provocar danos, e depois oferecem seus serviços para o organismo que acabou de ser atacado. O tratamento que Pflumm inflige à imagem pública das multinacionais deriva do mesmo espírito: o trabalho não é mais remunerado por um cliente – ao contrário da publicidade –, mas é distribuído num circuito paralelo que oferece recursos financeiros e uma visibilidade totalmente diferente. Swetlana Heger & Plamen Dejanov colocam-se como falsos prestadores de serviços para a economia real, enquanto Pflumm faz uma chantagem visual sobre a economia em que opera como parasita. Os logos são tomados como reféns, recolocados em liberdade parcial, como um *freeware* que os usuários podem aperfeiçoar por conta própria. Heger & Dejanov vendem um programa infestado de vírus à empresa da qual divulgam a imagem, ao passo que Pflumm põe em circulação imagens e, ao mesmo tempo, o *piloto*, o *código-fonte* que permite duplicá-las.

Estética terciária: retratamento da produção cultural, construção de percursos dentro dos fluxos existentes; produzir serviços, itinerários, dentro dos protocolos culturais. Pflumm dedica-se a "encorajar o caos de uma maneira produtiva". Ele emprega essa expressão para descrever suas intervenções em vídeo nos clubes techno, mas ela também se aplica ao conjunto de seu trabalho, que se apodera de dejetos formais, de "restos de código" saídos da vida cotidiana em sua versão midiática, para construir um universo formal onde a grade modernista se junta aos *flashes* da CNN segundo um plano coerente, o de uma pirataria geral dos signos.

Pflumm não se contenta com a idéia de pirataria: ele constrói montagens de grande riqueza formal. Suas obras, de um sutil construtivismo, são trabalhadas na busca de uma tensão entre a fonte iconográfica e a forma abstrata. A complexidade de suas referências (abstrações históricas, *pop art*, iconografia dos panfletos, videoclipes, cultura empresarial) segue ao lado de um grande domínio técnico: a qualidade de seus filmes está mais próxima da qualidade vigente na indústria fonográfica do que do nível médio dos vídeos de arte. Assim, o trabalho de Daniel Pflumm representa, por ora, um dos exemplos mais conclusivos do encontro entre o universo da arte e o universo da música techno. Sabe-se que a *Techno Nation* tem o hábito, faz tempo, de transpor logos famosos para camisetas: são incontáveis as versões da Coca-Cola ou da Sony recheadas de mensagens subversivas ou de convites ao uso de maconha. Vivemos num mundo onde as formas estão indiscriminadamente disponíveis a todas as manipulações, para o bem e para o mal; onde Sony e Daniel Pflumm se cruzam num espaço saturado de ícones e imagens.

O mix, tal como é praticado por esses artistas, é uma atitude, uma postura moral, mais do que uma receita. A pós-produção do trabalho permite que o artista escape à postura interpretativa. Em vez de se dedicar a comentários críticos, deve-se experimentar. É isso também que Gilles Deleuze pedia à psicanálise: parar de interpretar os sintomas e tentar arranjos que nos convenham.

COMO HABITAR A CULTURA GLOBAL
(A ESTÉTICA DEPOIS DO MP3)

A obra de arte como superfície de estocagem de informações

A arte dos anos 1960, do *pop* à arte minimalista e conceitual, corresponde ao apogeu da dupla formada pela produção industrial e pelo consumo de massa. Os materiais utilizados na escultura minimalista (alumínio anodizado, aço, chapa galvanizada, plexiglas, néon) remetem à tecnologia industrial e, mais particularmente, à arquitetura das fábricas e dos depósitos gigantes. A iconografia do *pop*, por sua vez, remete à era do consumo, ao surgimento do supermercado e das novas formas de marketing associadas a ele: a frontalidade visual, a serialização, a abundância.

A estética contratual e administrativa da arte conceitual, de sua parte, marca os inícios do domínio da economia terciária. É importante notar que a arte conceitual é contemporânea ao avanço decisivo das pesquisas em informática no começo dos anos 1970: se o computador surge em 1975, e o Apple II em 1977, o primeiro microprocessador data de 1971. Neste mesmo ano, Stanley Brouwn expõe arquivos de metal contendo as fichas que documentam e reconstituem seus itinerários (*40 steps and 1000 steps*), e Art & Language produzem Index 01, um conjunto de fichários que se apresentam na forma de uma escultura minimalista. On Kawara, com seu sistema de registro em arquivos (seus encontros, suas viagens, suas leituras) já definido, realiza em 1971 *One million years*, dez fichários que mantêm uma contabilidade que vai muito além das normas humanas, aproximando-se assim das operações descomunais exigidas aos computadores.

Essas obras introduzem na prática artística a estocagem de dados, a aridez da classificação em fichas, a própria noção de "arquivo": a arte conceitual utiliza o protocolo informático ainda em gestação, pois os produtos em questão só surgirão realmente em público na década seguinte. Desde o final dos anos 1960, a empresa IBM é a precursora no domínio da imaterialização: controlando na época 70% do mercado de computadores, a International Business Machine passa a se chamar IBM World Trade Corporation, e desenvolve a primeira estratégia deliberadamente multinacional, adaptada à civilização global que se aproxima. Empresa fugidia, seu aparato produtivo é literalmente ilocalizável, como uma obra conceitual cuja aparência física não importa muito, e que pode se materializar em qualquer lugar. Uma obra de Lawrence Weiner, que pode ser realizada ou não, e por qualquer um, não reproduz o modo de produção de uma garrafa de Coca-Cola? A única coisa que importa é a fórmula, e não o local onde ela se materializa nem a identidade do executante.

Quanto à figura do saber anunciada pela IBM, ela se encarna na *Black Box* (1963-1965) de Tony Smith: um bloco opaco destinado a tratar um real social transformado em bits, passando entre *inputs* e *outputs*. Em seu manual de apresentação, especifica-se que a IBM 3750, o Big Brother de silício, permite que a empresa centralize, "para os estabelecimentos numa mesma região, todas as informações indicando quem entrou ou saiu, em qual edifício da empresa, por qual porta e a que horas..."

O autor, essa entidade jurídica

Um *shareware* não tem autor, e sim nome próprio. As práticas musicais derivadas do sampleamento também contribuíram para destruir a figura do autor *na prática*, além de promover sua desconstrução teórica (a "morte do autor", dissecada por Roland Barthes e Michel Foucault).

Diz Douglas Gordon:

> Sou muito cético quanto à noção de autor, e fico contente em estar em segundo plano num projeto como *24 Hour Psycho*. Hitchcock é a figura dominante. Da mesma forma, em *Feature Film*, divido a responsabilidade com o regente de orquestra James Conlon e com

o músico Bernard Herrmann. [...] Apropriando-nos de trechos de filmes e música, poderíamos dizer que, de fato, criamos *ready-mades* temporais a partir não de objetos cotidianos, e sim de objetos que fazem parte de nossa cultura.

O universo da música banalizou a explosão do protocolo da assinatura do autor, sobretudo com os *white labels*, esses máxis de 45 rotações típicos da cultura DJ, com tiragem limitada e em envelope anônimo, escapando, assim, ao controle da indústria. O músico-programador, ao mudar de nome a cada projeto, realiza o ideal do intelectual coletivo, e a maioria dos DJs possui vários nomes de autor. Mais do que uma pessoa física, um nome agora designa um modo de aparecimento ou de produção, uma linha, uma ficção. É a mesma lógica das multinacionais que apresentam linhas de produtos como se fossem de empresas autônomas: conforme a natureza de seus projetos, um músico como Roni Size vai se chamar *Breakbeat Era* ou *Reprazent*, assim como a Coca-Cola ou a Vivendi Universal possuem uma dúzia de marcas diferentes, e o público nem desconfia que têm a mesma origem.

A arte dos anos 1980 criticava as noções de autor ou de assinatura, mas sem as abolir. Se comprar é uma arte, a assinatura do artista-corretor que se encarrega das vendas mantém todo o seu valor; inclusive é a garantia de uma transação lucrativa e bem-feita. A apresentação dos produtos de consumo organiza-se em figuras de estilo, e os aspiradores de Jeff Koons distinguem-se ao primeiro olhar das prateleiras de Haim Steinbach, tal como duas lojas que vendem os mesmos produtos se distinguem por seus modos específicos de disposição dos artigos.

Entre os artistas que questionaram diretamente a noção de assinatura, estão Mike Bidlo, Elaine Sturtevant e Sherrie Levine, todos com trabalhos que se baseiam na reprodução de obras do passado, apesar de serem desenvolvidos com estratégias muito diversas. Bidlo, ao expor a cópia idêntica de um quadro de Warhol, dá o título *Not Duchamp* (*Bicycle Wheel, 1913*). Quando Sturtevant expõe a cópia de uma tela de Warhol, ela mantém o título original: *Duchamp, coin de chasteté, 1967*. Já Levine suprime o título para mencionar uma defasagem temporal: *Untitled* (*After Marcel Duchamp*). Para esses três artistas, não se trata de usar essas obras, mas de expô-las novamente, dispô-las segundo princípios pessoais, cada qual criando "uma nova idéia" para os objetos reproduzidos, segundo o princípio duchampiano do *ready-made recíproco*. Mike Bidlo monta um museu ideal, Elaine Sturtevant elabora uma narrativa reproduzindo obras que apresentam momentos de ruptura na História, ao passo que o trabalho de copista de Sherrie Levine, inspirada nos trabalhos de Roland Barthes, afirma que a cultura é um palimpsesto infinito. Ao considerar cada livro "feito de escritas múltiplas, saídas de várias culturas e entretecidas no diálogo, na paródia, na contestação"[1], Barthes confere ao escritor um estatuto de roteirista, de operador intertextual: o lugar único para onde converge essa multiplicidade de fontes é o cérebro do leitor-pós-produtor. No começo do século XX, Paul Valéry pensava que era possível escrever "uma história do espírito enquanto produz ou consome a literatura [...] sem que se pronuncie o nome de um único escritor". Visto que as pessoas escrevem lendo, e produzem obras de arte enquanto observadoras, o receptor torna-se a figura central da cultura – em detrimento do culto ao autor.

Desde os anos 1960, a noção de "obra aberta" (Umberto Eco) opõe-se ao esquema clássico de comunicação que supõe um emissor e um receptor passivo. Todavia, se a "obra aberta", interativa ou *participativa*, como, por exemplo, um *happening* de Allan Kaprow, atribui uma certa amplitude ao receptor, ela lhe permite tão-somente reagir ao impulso inicial dado pelo emissor: participar é completar o esquema proposto. Em outros termos, a "participação do espectador" consiste em rubricar o contrato estético que o artista se reserva o direito de assinar. É por isso que a obra aberta, para Pierre Lévy, "ainda continua presa no paradigma hermenêutico", visto que o receptor é convidado apenas a "preencher os brancos, a escolher entre os sentidos possíveis". Lévy opõe essa concepção *soft* da interatividade às imensas possibilidades ofertadas pelo ciberespaço:

---
1. Roland Barthes, *Le bruissement de la langue*, Paris, Le Seuil, 1984, p. 66. [*O rumor da língua*, trad.: M. Laranjeira, São Paulo, Brasiliense, 1988, Martins Fontes Editora, 2004.]

"o ambiente tecnocultural emergente desperta o desenvolvimento de novas espécies de arte, ignorando a separação entre emissão e recepção, composição e interpretação"[2].

Ecletismo e pós-produção

Com seu sistema museológico e seus aparelhos históricos, bem como com sua necessidade de novos produtos e novos "ambientes", o mundo ocidental acabou por reconhecer como uma cultura em si certas tradições que até então se considerava fadadas a desaparecer no movimento do modernismo industrial; acabou por aceitar como arte aquilo que era visto apenas como folclore ou selvageria. Lembremos que, para um cidadão do começo deste século, a história da escultura às vezes saltava da Antigüidade grega para o Renascimento e se restringia a nomes europeus. Hoje, a cultura global é uma gigantesca anamnese, uma enorme miscigenação, cujos princípios de seleção são muito difíceis de identificar. Como evitar que essa visão telescópica de culturas e estilos resulte num ecletismo *kitsch*, num alexandrinismo *cool* que exclui qualquer julgamento crítico? Geralmente, qualifica-se de eclético um gosto inseguro ou sem critérios, um procedimento intelectual sem coluna vertebral, um conjunto de escolhas que não se funda em nenhuma visão coerente. A linguagem comum, ao

---
2. Pierre Lévy, *L'Intelligence collective. Pour une anthropologie du cyberespace*, La Découverte/Poche, 1997. [*A inteligência coletiva: por uma antropologia do ciberespaço*, trad.: Luis Paulo Rouanet, São Paulo, Loyola, 1998.]

considerar pejorativo o termo "eclético", na verdade ratifica a idéia de que é preciso focar o interesse num certo tipo de arte, de literatura ou de música, do contrário as coisas se perderiam no *kitsch*, por não conseguir afirmar uma identidade pessoal suficientemente forte – ou, quando menos, reconhecível. Esse caráter vergonhoso do ecletismo é inseparável da idéia de que o indivíduo equivale socialmente a suas escolhas culturais: supõe-se que eu sou o que leio, o que ouço, o que olho. Cada um de nós é identificado com sua estratégia pessoal de consumo de signos; o *kitsch* representa um *gosto de fora*, uma espécie de opinião difusa e impessoal que substitui a escolha individual. Assim, nosso universo social, em que o pior defeito consistiria em não ser situável em termos das normas culturais, leva-nos à nossa própria reificação. Segundo essa visão da cultura, o que cada um pode fazer com o que consome não tem importância alguma; ora, um artista pode muito bem usar um folhetim americano lastimável para desenvolver um projeto interessantíssimo. Infelizmente, é o inverso que ocorre com maior freqüência.

O discurso antieclético tornou-se, portanto, um discurso de adesão, o desejo de uma cultura marcada com balizas bem claras, que deixam todas as suas produções bem organizadas, claramente identificáveis sob tal ou qual rótulo, sinal de ligação com uma visão estereotipada da cultura. Ele está vinculado à constituição do discurso modernista, tal como é apresentado pelos textos teóricos de Clement Greenberg, para quem a história da arte constitui uma narrativa linear, teleológica, dentro da qual cada obra do passado se define por sua relação com as obras precedentes e subseqüentes. Segundo Greenberg, a história da arte moderna consiste numa "purificação" progressiva da pintura e da escultura. Piet Mondrian explicaria, assim, que o neoplasticismo era a conseqüência lógica – e a supressão – de toda a arte anterior. Essa teoria, que considera a história da arte como uma duplicação da pesquisa científica, traz como efeito secundário a exclusão dos países não ocidentais, considerados "não históricos". É essa obsessão pelo "novo", criada por essa visão da arte historicista e centrada no Ocidente, que será o objeto de zombaria de um dos grandes protagonistas do movimento Fluxus, George Brecht, ao explicar que é muito mais difícil ser o nono a fazer alguma coisa do que ser o primeiro, pois agora é uma questão de aprender a olhar bem.

Em Greenberg e na maioria das histórias da arte ocidental, a cultura está ligada àquela monomania que considera o ecletismo (ou seja, qualquer tentativa de sair dessa narrativa purista) um pecado capital. A História deve ter um sentido. E esse sentido deve se organizar numa narrativa linear.

Em *Historisation ou intention: le retour d'un vieux débat* [*Historicização ou intenção: o retorno de um velho debate*], texto publicado em 1987, Yve-Alain Bois faz uma análise crítica da versão pós-moderna do ecletismo, tal como ele se manifesta nas obras das neo-expressionistas européias ou entre pintores como Julian Schnabel e David Salle. "Libertados da história, podemos recorrer a ela como a uma espécie de entretenimento, tratá-la como um espaço de pura irresponsabilidade: a partir de agora, tudo tem para nós a mesma significação, o mesmo valor"[3].

No começo dos anos 1980, a transvanguarda defendia uma lógica do bricabraque, ao aplainar os valores culturais numa espécie de estilo internacional que misturava Chirico e Beuys, Pollock e Alberto Savinio, numa total indiferença pelo conteúdo de seus trabalhos e por suas respectivas posições históricas. Nessa época, Achille Bonito Oliva defendeu esses artistas em nome de uma "ideologia cínica do traidor", segundo a qual o artista seria um "nômade" circulando à vontade entre todas as épocas e estilos, como um vagabundo revirando os depósitos públicos de lixo para pegar alguma coisa qualquer. É exatamente este o problema: sob o pincel de um Julian Schnabel ou de um Enzo Cucchi, a história da arte aparece como uma gigantesca lata de lixo de formas ocas, amputadas de qualquer significação própria em favor de um culto ao artista – demiurgo-recuperador sob a figura tutelar de Picasso. Nesse vasto empreendimento de reificação das formas, a metamorfose dos deuses assemelha-se à transformação do museu imaginário em papel de parede. Uma tal arte da citação, praticada pelos neofauvistas, reconduz a História a um valor de mercadoria. Estamos muito próximos daquela "igualdade

---

3. Yve-Alain Bois, "Historisation ou intention: le retour d'un vieux débat", *Cahiers du MNAM*, Paris, n. 22, dezembro 1987. ["Historização ou intenção: o retorno de um velho debate", *Revista Gávea*, Rio de Janeiro, n. 6.]

de tudo, entre o bem e o mal, o belo e o feio, o insignificante e o característico", que Flaubert usou como tema de seu último romance, e cujo advento despertava tanto receio em seus *Scénarios pour Bouvard et Pécuchet*...

Jean-François Lyotard não suportava que confundissem a *condição pós-moderna*, tal como ele havia teorizado, com a arte pretensamente pós-modernista dos anos 1980:

> Misturar numa mesma superfície os motivos neo ou hiper-realistas e os motivos abstratos, líricos ou conceituais é dizer que tudo se equivale porque tudo é bom para consumir. [...] O que é solicitado pelo ecletismo são os hábitos do leitor de revistas, as necessidades do consumidor das imagens industriais padronizadas, é o espírito do cliente dos supermercados.[4]

Segundo Yve-Alain Bois, apenas a historicização das formas pode nos preservar do cinismo e do nivelamento por baixo. Para Lyotard, o ecletismo desvia os artistas da questão do "inapresentável", que ele considerava fundamental por ser a garantia de uma "tensão entre o ato de pintar e a essência da pintura": se os artistas se entregam ao "ecletismo do consumo", estão servindo aos interesses do "mundo tecnocientífico e pós-industrial" e faltando a seu dever crítico.

---

4. Jean-François Lyotard, *Le postmoderne expliqué aux enfants*, Paris, Galilée, Poche Biblio, 1988, p. 108. [*O pós-moderno explicado às crianças*, trad.: Teresa Coelho, 2. ed., Lisboa, Dom Quixote, 1993.]

Mas a única contraposição a esse ecletismo, esse ecletismo banalizador e consumidor que prega uma indiferença cínica em relação à História e anula as implicações políticas das obras, será apenas a visão darwinista de Greenberg ou uma visão puramente historicizante da arte? A chave do dilema encontra-se na instauração de processos e práticas que nos permite passar de uma cultura do consumo para uma cultura da atividade, da passividade diante do estoque disponível de signos para práticas de responsabilização. Cada indivíduo, e ainda mais cada artista, visto que circula entre os signos, deve se considerar responsável pelas formas e por seu funcionamento social: o surgimento de um "consumo cidadão" através da conscientização coletiva a respeito das condições desumanas de trabalho na produção de tênis esportivos ou dos desgastes ecológicos provocados por tal ou tal atividade industrial faz parte dessa responsabilização. O boicote, o desvio, a pirataria pertencem a essa cultura da atividade. Quando Allen Ruppersberg copia numa série de telas *O retrato de Dorian Gray*, de Oscar Wilde (1974), ele adota um texto literário e se considera responsável por ele diante de todos: ele reescreve. Quando Louise Lawler expõe um quadro vulgar de um cavalo pintado por Henry Stullman e que lhe foi emprestado pela *New York Racing Association*, colocando-o no meio de um feixe de *spots* luminosos, ela afirma perante todos que o revivalismo da pintura que atinge seu auge naquela época (1978) é uma convenção artificial inspirada por interesses mercantis.

Reescrever a modernidade é a tarefa histórica desse começo do século XXI: não partir novamente do zero nem se sentir sobrecarregado pelo acúmulo da História, mas inventariar e selecionar, utilizar e recarregar.

Vamos dar um salto no tempo, até 2001: as colagens do artista dinamarquês Jakob Kolding reescrevem os trabalhos de El Lissitski ou de John Hearfield a partir da realidade social contemporânea. Em seus vídeos ou fotos, Fatimah Tuggar mescla os anúncios americanos dos anos 1950 com cenas da vida cotidiana africana, e Gunilla Klingberg reorganiza os logos dos supermercados suecos em mandalas enigmáticas. Nils Norman e Sean Snyder montam catálogos de signos urbanos e reescrevem a modernidade a partir de sua vulgarização na linguagem arquitetônica. Essas práticas, cada qual à sua maneira, afirmam a importância de manter uma atividade diante da produção geral. Todos esses elementos são utilizáveis. Nenhuma imagem pública deve passar impune, em hipótese alguma: um logo pertence ao espaço público, pois está nas ruas e consta nos objetos que utilizamos. Está em curso uma guerra jurídica que coloca os artistas na linha de frente: nenhum signo deve ficar inerte, nenhuma imagem deve se manter intocável. A arte representa um contrapoder. Não que a tarefa dos artistas seja denunciar, militar ou reivindicar: toda arte é engajada, qualquer que seja sua natureza ou finalidade. Hoje existe um embate entre as representações que envolve a arte e a imagem oficial da realidade, difundida pelo discurso publicitário, transmitida pelos meios de comunicação, organizada por uma ideologia *ultralight* do consumo e da concorrência social. Em nossa vida cotidiana, convivemos com ficções, representações e formas que alimentam um imaginário coletivo cujos conteúdos são ditados pelo poder. A arte apresenta-nos contra-imagens. Diante dessa abstração econômica que desrealiza a vida cotidiana, arma absoluta do poder tecnomercantil, os artistas reativam as formas, habitando-as, pirateando as propriedades privadas e os *copyrights*, as marcas e os produtos, as formas museificadas e as assinaturas de autor.

Se essas "recargas" de formas, essas seleções e retomadas hoje representam uma questão importante, é porque elas convidam a considerar a cultura mundial como uma caixa de ferramentas, como um espaço narrativo aberto, e não como um relato unívoco e uma gama de produtos acabados.

Em vez de se ajoelhar diante das obras do passado, usá-las.

Como Tiravanija inscrevendo seu trabalho numa arquitetura de Philip Johnson, como Pierre Huyghe refilmando Pasolini, pensar que as obras propõem enredos e que a arte é uma forma de uso do mundo, uma negociação infinita entre pontos de vista. Cabe a nós, espectadores, revelar essas relações. Cabe a nós julgar as obras de arte em função das relações que elas criam dentro do contexto específico em que se debatem. Pois a arte – e afinal não vejo outra definição que englobe todas as demais – é uma atividade que consiste em produzir relações com o mundo, em materializar de uma ou outra forma suas relações com o tempo e o espaço.